親身に寄り添うリード力

平山清一郎

竹書房

はじめに

長崎県内第3位の約13万人が暮らす諫早市に、私たちの長崎日大はある。1967（昭和42）年に開校し、男女共学の中高一貫教育を行う長崎日大は、その名の通り日本大学の準付属校だ。正式には「長崎日本大学中学校・高等学校」といい、高校の方は県内一の生徒数を誇る。

運動部の活動が盛んで、卒業生にはサッカー日本代表を率いる森保一監督、東京・パリと2大会連続で五輪金メダリストとなった柔道家の永瀬貴規選手、女子ゴルフ界でトップクラスの仲間入りを果たした櫻井心那選手らが名を連ねている。また、九州上位の実力を持つ吹奏楽部をはじめ、文化部の活動も活発だ。

もちろん、学校創立と同時に創部された私たち野球部も、長崎日大の名を全国に広く知らしめた原動力になったと自負している。春夏の甲子園には通算13度出場し、2007年夏には4強進出を果たした。また、私の教え子のひとりでもある大瀬良大地が、現在は広島東洋カープのエースとして頑張ってくれている。
私自身も長崎日大野球部のOBで、日本大学を卒業した２００２年から母校のコーチとなり、２００８年からは部長も務めた。この間に４度の甲子園を経験し、学校最高の夏４強も経験させていただいた。

監督に就任したのは２０１８年８月。監督として初めて臨んだ夏の長崎大会（２０１９年）は、準決勝で敗れてベスト４に終わった。翌年には新型コロナによる大会中止という歴史的な出来事も経験した。

その後、チームは私自身もびっくりの上昇カーブを描き、２０２２年からは２年連続で春のセンバツに出場することができた。学校にとって８年ぶり、春に限っては23年ぶりという久しぶりの甲子園だった。また、２０２１年秋からは九州大会にも６季連続で出場を果たしている。

成績だけを振り返ってみれば、たしかに県内では安定した結果を残していると言っていいのかもしれない。しかし、その間に夏の大会で優勝しているわけではないため、私自身が〝思った通りにいっている〟と感じたことは一度もない。チームが強くなってきたという実感も、まるで沸かないのである。

ただ、指導者となって20年以上が過ぎ、監督7年目を迎えた私にも、目に見えない経験値が蓄えられているとは感じている。最終的には「選手たちと一緒に、目の前の試合を全力で戦ってきた結果」というところに落ち着くのだが、私にとっては九州大会への出場を重ねた経験が大きかった。他校の大会への臨み方、相手に対するリサーチのやり方などを見て、それが知識となって蓄積されてきたと感じるからだ。

ところが、私自身は決して勝負運が強いとは思っていない。高校時代はキャッチャーのレギュラーとなった1年秋以降、一度も甲子園の土を踏むことができていないのだ。2年夏は決勝で、3年夏は準決勝で涙を飲んでいる。指導者として母校に復帰した1年目も、チームがまったく勝てず〝こんなに勝ち運のない僕が指導者になっていいのか。僕が帰ってきたために勝てなくなったのではないか〟と自分を責めたことが何度もあった。千葉にある妻の実家に帰省した際には、ひとりで成田山に足を運んで厄除けをしてもらったこともある。

大事な試合の前にはまったく寝付けないこともあるし、他人様からいただいたお守りは、ちゃんとユニフォームのポケットかバッグにしのばせている。だから、バッグの中はいつもお守りだらけだ。父が亡くなった後は必ず実家に寄り、仏壇に手を合わせてから試合に向かうようになった。貸してくれそうな力は、すべて借りておきたい。すがれるものには、何でもすがりたいと思うのである。

私自身は気丈に振る舞っているつもりだが、私にはそうした弱さがある。また、困っている人を放っておけない性格で、馬鹿にされたくないから人には話していないエピソードが山ほどある。

そういう私に対して「優しすぎる」といったご指摘をいただくことも少なくはない。私としては当然、戦いには勝ちたいという一心でやっている。試合の中で最優先しなければいけないのは勝利なので、もちろん温情だけで上級生を試合に出すこともない。

しかし、他人から見れば〝それが甘さだよ〟と思われる部分はあるのかもしれない。私自身がそこを消しながら戦おうと思っているのだから、やはり私の指導には情が見え隠れしているのだと思う。夏を勝ち切れない一因がそこにあるのかは、私にもわからない部分だ。

そうやって私が戸惑っている間にも、時代は大きく変わろうとしている。とくにここ数年はコロナ禍の影響もあって、高校野球の在り方そのものが見直されるようになった。その中で、従来からこの世界に根づいていた指導者像や、指導者に求められる資質が変化しつつあるのも事実だ。

多くの学校がそうだったように、我々の時代はカリスマ監督による厳しい指導のもとで野球を勉強してきた。ところが、今の世の中に昔のやり方を再現することは許されない。「俺に付いてこい！」というだけの指導では、選手や保護者からそっぽを向かれてしまう時代なのだ。ただ、昔とはやり方は違っても〝勝ちたい、甲子園に行きたい〟という思いは何ひとつ変わらない。そこが非常に難しい部分でもある。

昔の高校野球を経験した私たちは、常に変化を求められる現代の高校野球界に指導者として身を置いている。まさに「時代の狭間」にいると言っても過言ではない。すでに私たちは、自分よりも若いコーチを抱える年代に差し掛かっている。野球界全体を見渡しても、年下の若い指導者が増えてきた印象だ。彼らは以前の高校野球や指導を知らずに育ってきた世代である。だからこそ、両方の時代を知る私たち40代中盤の指導者には、未来の高校野球界に様々なモデルを残していかなければならない責任があるのだ。

しかし、私には前時代の監督のようなカリスマ性はない。ましてや、こんな時代の狭間に生きる私のような人間が、いったいどういうチーム作りをしていけばいいのか。そもそも、組織の作り方はどういうものなのか。現在の私は、その答えを探っている最中だが、こうした私と同じ悩みを抱えている人は、きっとたくさんいることだろう。

最近になって、私たち同学年の指導者の中で「昭和54年会」という組織が発足した。智辯和歌山の中谷仁監督が会長、中京大中京の高橋源一郎監督が副会長を務める全国的な組織で、すでに160人ぐらいほどの会員が集まっているらしい。何度も甲子園を経験している監督、すでに優勝している監督が一堂に会する54年会の総会に、私は初めて参加させていただいた。

この54年会世代の中にも、大監督のもとで私と同様の悩みを抱えていたという指導者も少なくはない。だから私は、この本を出版するというまたとない機会に、私の考えや悩みをすべて打ち明けることにした。この本を書き記すことによって、私たちの世代から何かを変えていくきっかけになればいいし、少なくともその一端にはなるのではないかと考えたからだ。

高校野球界や指導者が抱える課題もたくさんある。野球界の未来も、決して明るい展望ばかりではない。強いチームを作るための方法をみんなで考え、野球界がより良い方向に進んでいくためのアイデアを、私たちの世代から発信する。それが本を執筆する一番の目的だ。

私は前任の金城孝夫監督（現・愛知黎明監督）の後を受けて監督となった。じつは長崎日大OBの監督が就任するのは、私が創部以来初である。現在の長崎日大には「誰の教え子だ」とか「俺は誰の一派だ」といった派閥意識は必要ないと思っている。だから、OBの方にもどんどん現場に来ていただきたい。厳しいご指摘を受けるのも、OB監督としての使命だと覚悟のうえだ。

中学時代には、当時の長崎日大を率いておられた的野和男監督との衝撃的な出会いもあった。的野先生のもとで3年間選手をやらせてもらい、指導者として帰ってくることができたことにも大いに感謝している。

最近は同じ長崎県の海星や創成館、大崎といったライバル校とも積極的に練習試合をさせていただいている。そんな自分の野球人生を振り返って思うのは、私は人とのつながりに恵まれているということだ。すべてのご縁に対する感謝の気持ち、ここからさらに広く人の和を広げていきたいという思いから、今回は執筆という不慣れな戦いに挑戦してみることにした。

座右の銘と言っては大袈裟すぎるかもしれないが、私は「積小為大」という言葉を大事にしている。小を積んで大を為す。選手の頃から能力のなさを自覚していた私は、小さなことをコツコツ積み重ねながら野球人生を歩んできた。決してスポットライトの当たる表舞台に立っていたわけではないが、そういう生き方が私の武器だとも思っている。

そのあたりの人間性も含め、本書では野球に対する私の考えや思いをいろいろと吐き出してみようと思う。そうすることで、読者のみなさまに何かしらのヒントを投げかけることができれば嬉しいし、私自身にも新しい発見があるかもしれない。

まずはこの本を手に取っていただいたことに、深く感謝を申し上げます。さぁ、みなさんを長崎日大のグラウンドへとご案内しましょう。

目次

第二章 新世紀に吹いてきた新しい風

長崎を強豪県に押し上げた力

第四章　長崎日大のチーム作り

長崎日大ここにあり
常勝軍団を目指すグラウンド

第五章

実戦力と判断力をブラッシュアップ

試合に強い選手を作る方法

第六章 名捕手はブルペンで生まれる

第七章
チームに勝利をもたらすエース育成論

第一章

ピアノ少年が「甲子園監督」になるまで

球歴を一変させた衝撃の出会い

遅咲きのソフトボールデビュー

1979年8月8日。私は両親の出身地でもある長崎県の五島列島で生を受けた。その後、家族で諫早市に移住して現在に至っている。五島生まれの諫早育ち。実家は長崎日大から車で15分ほどの距離にある。

小さな頃からスイミングクラブや習字教室に通ったが、母がピアノの先生だった関係もあって、小学校を卒業するまでの8年間は半ば強制的だがピアノを習っていたこともある。

野球との出会いは、他の子供たちに比べて遅かった。私の原点は、諫早市立御館山小学校5年の夏休みに始めたソフトボールだ。当時は、夏休みになると町内対抗ソフトボール大会が開催されており、その大会に限ってはクラブチームに所属していない私のような子供でも、参加が認められていたのである。

そのチームは栄田ジュニアソフトボールクラブといって、私の5つ上の代が全国大会で上位入賞を果たすほどの強豪クラブだった。指導者も練習も非常に厳しいと評判で、素振りをしていなければ容赦なく〝愛のムチ〟が飛んでくる。そういう話を聞いていたから、私は入部したくても入部できなかったのだ。

ただ、クラブには所属していなかったものの、野球は以前から大好きで、近所の子供たちと毎日のように野球をして遊んでいた。小学校時代の私は「三冠王」落合博満さんの大ファンだった。小学校3年生の頃から中日の帽子を被って学校に通っていたし、野球では常に落合さんの真似をしていた。いまだに落合さんのサインをスラスラ書けるほど、私にとっては無二のヒーローなのである。

それもあってか（?）、私はソフトボールのAチームメンバーに抜擢されることになった。そこから〝俺って、やれるんじゃない?〟と思い込み、そのままクラブにも入団することになったのだ。

私がAチームでやれたことが、他の子供たちにとっては勇気になったのだろう。その後、私のように入部を渋っていた子供たちが相次いで加入し、クラブは一気に大所帯となった。このことは今の私にも教訓となった。〝野球が好きな子供たちに、二の足を踏ませることがあってはいけない〟と誓うきっかけにもなったからだ。

当時からそんなに体が大きな方ではなく、最初はセカンドのポジションを与えられたが、その後はサードへ。最終的にはショートに落ち着いた。小学校6年生になると、私はキャプテンを任されるようになり、その頃には諫早市では敵なしのチームになった。たしかに練習は厳しかったが、グラウンドが家から2~300mぐらいの至近距離にあったため、休みたくても休むことはできない。ただ、私自身は全力で「投げる、打つ、走る」を楽しんでいたので、休みたいと思ったことはなかった。

ちなみに長崎県はソフトボールが非常に盛んで、高校球児の中には小学校時代にソフトボールをしていた選手が多い。しかし、私の前任の金城孝夫先生は「それが長崎県の高校野球界が勝ち切れない要因なのかも。野球は間のスポーツで、ソフトボールは反射的な動きが何よりも大事だから」と仰っていたことがある。たしかに一理あるとは思うが、私にはそれを証明する術はない。

落合博満に鍛えられた⁉「野球を考える力」

諫早市立明峰中学校に入学すると、最初の3日間はバスケットボール部に所属した。

小学校6年生の頃から、休み時間にバスケをすることが大流行していたからだ。小学校時代の友達の多くがバスケ部に入ったので、私もつい流されてしまったのだろう。しかし、すぐ隣のグラウンドで練習している野球部を見て〝やっぱり野球がしたい〟と思いバスケ部を退部。そうして私は軟式野球部に転籍し、人生で初めて野球部でプレーすることになった。

明峰中の軟式野球部は力のないチームで、市内大会で準優勝したのが最高成績だ。私は中学でもショートを守った。私の〝落合さん好き〟は相変わらずで、中日の試合がある時はナイター中継で落合さんのバッティングを研究した。〝そんなに強振しているようには見えないのに、どうしてこんなに軽々と、遠くまで飛ばせるのかな〟と、時間を忘れるほど考え抜くのである。部活中もよく落合さんの真似をしながら打っていたので、中学校の先生には『お前、真面目にやれ!』と叱られたこともあった。

野球そのものへの探求心、バッターの観察やバッティング理論の考察など、この頃から考えながら野球を見ることが習慣づいていったのかもしれない。のちの高校時代、そして高校野球の指導者となった現在にもつながる大事な時間だったと思う。

最近の野球少年たちは、YouTubeなどで技術論を勉強しているようだが、私たちの時代はそういう情報ツールがなかったために、ナイター中継を見ながら学んでいくしかなかった。だからこそ、私は憧れの落合さんを見続けた。実践できる、できないは別にして、ひとりの選手を食い入るように見ているうちに、何かが得られることも少なくない。野球をやっている子供たちは、そういう憧れの存在を見つけてはどうだろうか。

私が中学2年になった1993年に、春夏連続で甲子園初出場を達成したのが長崎日大だった。家の近所にある地元の私立高校が、春夏の甲子園に行った。しかも、初出場のセンバツでベスト8入りを果たし、中学時代の監督の息子さんもサードを守っている。地域全体が盛り上がりを見せる中、多感な時期にあった私も長崎日大への親近感が強くなっていった。

そんなある日、私たちは中学校の監督の伝手で、長崎日大の練習を見学させていただく機会を得た。夏の甲子園直前だったと思う。そこで見たのは、当時のエースピッチャーに馬乗りになっている日大高校監督の姿。その監督さんは、私たち見物客の目など、いっさいお構いなしだった。

そして、ついに私の人生を一変させるほどの瞬間が訪れる。あれから30年以上が過ぎた今でも、身震いするほどの衝撃。あの出来事がなければ、当然今の私も存在はしていなかっただろう。

人生で初めて敗北感を味わった瞬間

中学の監督が「勉強しに行ってみよう」と言って、私たちは日大高校のグラウンドへと足を運んだ。すると、グラウンドのレフト入口あたりで練習見学をしていた私たちのもとへ、遠くからひとりの人物が近づいてきた。言うまでもなく、長崎日大を初の甲子園へと導いた的野和男監督その人である。的野先生は長崎日大を率いて8回、海星の監督として6回（部長として1回）の甲子園出場を誇る、長崎県を代表する高校野球の名将だ。監督としての出場回数はもちろん県内トップ。県内の出場回数1位の海星、2位の長崎日大で礎を築いてこられたのだから、その功績はとてつもなく大きい。

そんな的野先生が私のもとへ歩み寄り、いきなり予期せぬ質問をぶつけてきた。

「野球と勉強、どっちが難しいと思うか？」

恥ずかしい話だが、私はこの時に人生で初めての衝撃を受けた。人から圧倒され〝負けた〟という感覚に、初めて陥ってしまったのである。私は「野球の方が答えがないので難しいです」と返答したが、内心はシビレっぱなしだった。そして、私は〝これはもう、長崎日大に行くしかない〟と瞬間的に決意したのである。

　当時は、今ほど情報があふれている時代ではない。もちろん、的野先生が長崎日大の監督さんだということぐらいは知っていたが、海星時代のことはまったく知らなかった。監督がどういう人かもよく知らない中で、本当に第一印象だけで決めてしまったのだ。

　しかし、母は私の長崎日大進学に反対した。依然として、地元の公立校への進学を第一とする風潮が強かった時代である。それに平山家は男3人兄弟で、私が長男だ。その長男がいきなり「私立高校に行く」と言い出したものだから、家の中はおかしな雰囲気になってしまった。父が単身赴任だったこともあって、母は「何を言っているの！　長男が私立なんて行ったら、下の子たちはどうなってしまうの！」という具合に怒ってしまったのだ。

　中学校3年の三者面談で、私は頑なに「進路志望は長崎日大です」と言い張った。しかし、中学校側は私の進学希望に反対し、母の肩を持つような態度だった。それでも私は意志を曲げなかった。そして単身赴任だった父が正月に帰ってきた時、父が車を運転しながら「子供がお金の心配をするんじゃない。行きたいなら行け」と言ってくれた。両親の間でも、いろいろと話し合ってくれたのだろう。最終的には母も折れてくれて、私の長崎日大進学が決まったのである。

的野先生との衝撃の出会いを受けて、長崎日大への進学を選択したことで、人生の道は開けた。私は今でもそう思っている。最後まで反対していた母も、高校入学後は全面的に協力してくれるようになっていた。

最大の敵は的野和男

的野先生の反骨精神は相当なものだった。「男なら倒れるんじゃねぇ。倒れた時は、何かにしがみついてでも起き上がってこい！」と仰っていたし、実際にその心構えを持つことが的野野球の第一歩だったかもしれない。

練習は本当に厳しかった。試合中も同じだが、私たち選手は常に的野先生からプレッシャーをかけられ続けるのである。とくに私は最終学年ではキャプテンをしていたので、本当に最後の最後まで叱られ続けた。3年夏の準決勝で長崎南山に負けた日は、瓊浦《けいほ》高校でバッティング練習をして球場に向かったのだが、その時も私が個人のことを優先しているように映ったのか「なんでチームのことを考えないのか！」と激しい雷を落とされている。私としては〃最後なのに、どうしてここまで怒られなきゃいけないんだ。あとふたつ勝てば甲子園じゃないか〃と不服ではあったが、それが的野先生の揺るぎない凄みでもあった。

私がコーチとなって母校に戻った時、当時の指導について「中心選手が活躍しなかったら、負けるんだ。だからどうしても、中心選手に対する評価は厳しくなる」と、その真意を教えていただいた。「チームの中心には厳しく」。それは監督となった私が、今でも踏襲している指導のひとつだ。

そういう監督のもとで3年間やってきたのだから、気が付いた時には私たち選手の反骨心もかなりのものになっていた。的野先生の要求レベルは常に高かったが、私たちは〃これだけのことをやってやったぞ！〃と睨み返し、あるいは〃見たか、ちゃんとできるようになっただろ‼〃と、自分たちの成果を叩きつけるような気持ちで見せつけようとした。

このように、私たち選手にとっての最大の敵は「的野和男」だった。しかし、私たちが夏に勝ち切れなかった最大の理由もそこにあるのかもしれない。私たちの意識が外を向いてはいなかったのだ。勝負する相手は、常に敵チームでなければならないが、私たち選手（少なくとも私）は、高校時代に相手がどうのこうのと考えたことがなかった。そこを見失うほど、私たち選手は的野先生という巨大な敵と対峙していたということだ。〝とにかく的野先生に認めてもらいたい〟。本当に、当時はその一心だった。

一方で、的野先生は刺激的な柔軟性を持ち合わせた監督でもあった。2年夏前の定期考査が終わった直後だったと記憶している。的野先生が突然「今から意識改革に行くぞ」と言い出し、全員で鹿児島に連れて行かれたことがあった。行き先は知覧にある特攻平和会館である。当時の私たちと同じぐらいの年齢で散っていった特攻隊員に関する展示物をひと通り見学した後、的野先生が行ったミーティングは「命だけは俺が保証する。だから死ぬ気で戦え」というものだった。

そこから、その年のセンバツで優勝した鹿児島実に赴き、久保克之監督から講話をいただいた。そして的野先生は「お前たちも勝ち運をもらえ」と言って、甲子園優勝メダルを私たちに触れさせた。その後は、練習試合もせずに長崎へ帰る。そういう試みを、的野先生はところどころで打ってくるのだ。

とにかく勝負師としての心構えや勝負勘、とりわけ勝負に対する執念は、本当に的野先生からすべて教わったと言っても過言ではない。的野先生の指導については、のちの章でさらに詳しく触れたいと思う。

寝耳に水のキャッチャー転向

当時の長崎日大は、３学年で７、80人ほどの部員がいたが、途中で退部をする選手も少なくはなかった。私たちの代も最初は30人近くいたが、最後の夏が終わった時点では綺麗に半減。付き人制はなかったものの、先輩は厳しく、怖くてなかなか喋りかけることはできなかった。とはいえ、オフもなく練習をしていたので、町に繰り出すこともできなかったため、世間様にご迷惑をおかけするような野球部ではなかった。

私たちが唯一リラックスできるスペースは、学校下の交差点脇にあったたこ焼き屋さんで、そこで買い食いをしてお喋りする。もちろん下級生の頃にはそれも叶わないのだが、長崎日大野球部ＯＢのほとんどがあの空間をオアシスのように感じていたはずだ。

中学時代に内野手だった私は、高校入学後も内野を守った。そして長崎で毎年６月に行われるＮＨＫ杯地区予選では、急遽1年生の私がベンチに入ることになった。３番を打っていたショートの先輩が突然チームを辞めてしまったため、代わりの内野手として白羽の矢が立ったのだろう。当時は部員も多く、チームも強かったこともあり、地区予選はいろんな選手を試す場でもあったのだが、私としてはまさかの抜擢だった。

私は初出場した試合で、たまたま三塁打を打つことができた。まずまずの高校デビューだったと思う。しかし、その地区予選が終わったあとに、私は的野先生から予期せぬ通告を受けてしまう。

「内野はクビだ。お前はキャッチャーをやれ！」

寝耳に水とは、まさにこのことだ。当時の私には、キャッチャーの経験など一度もないのである。肩が強かったわけでもなければ、送球が良かったわけでもない。ましてや「キャッチャーは体の大きな選手が就くポジション」という先入観が、まだまだ根強かった時代だ。身長が１７０㎝そこらで体重も軽い私に、果たして務まるのだろうか。

ただ、的野先生は「お前はグラブを手首で扱う癖がある。それでは握り替えが上手くできないからクビ！」と言って、私をキャッチャーに転向させている。たしかに、私はデビュー戦で三塁打を打っているが、セカンド守備ではエラーも犯していた。

あとになって知ったことだが、的野先生には「キャッチャーからの目線で野球を勉強してほしい」という狙いがあったようだ。「野球を勉強するためには、キャッチャーが一番いい」という会話を、ちらっと小耳に挟んだことがある。きっと的野先生は、私により深く野球のことを学ばせるつもりだったのだろう。

たしかに多くの困難が待ち受けるコンバートだったが、私にこれを拒む権利などなかった。それに私は、母の反対を押し切って長崎日大に進学した身である。だから、80人近い部員との競争をなんとしてでも勝ち抜き、一度だけでもベンチ入りしないと申し訳ないという思いが強かった。ベンチ入りできるなら、どんな形でもいい。試合に出られるなら、ポジションは関係ない。単身赴任で不在の父に代わって、女手ひとつで私たち兄弟を育ててくれている母の気持ちも、痛いぐらいにわかる。だからこそ、私は勇んでキャッチャーというポジションに挑んでいくことができたのだ。

百武克樹に見合うキャッチャーになりたい！

結果的には、キャッチャーをやったことが私の野球人生を大きく変えたと思っている。的野先生の目論見通り、野球をいろいろ勉強するきっかけになったのは間違いない。

当時の長崎日大で部長を務めていたのが、現在は長崎総合科学大付で監督を務める渡瀬尚先生である。その渡瀬先生がキャッチャー出身ということもあって、配球面など多くのことを教えていただいた。

私はキャッチャーに転向するにあたって、ひとつの目標を打ち立てた。私たちの同級生には、佐賀から入学してきた百武克樹という凄いピッチャーがいた。卒業後は亜細亜大、パナソニックでも活躍した、私たち世代のスーパーエースと言っていい。私としてもキャッチャーをやる以上は〝百武に見合うキャッチャーにならなきゃいけない〟と大きなモチベーションとなった。私がキャッチャーを勉強し、必死に練習できたのも百武のおかげである。

百武はスライダーが素晴らしくキレた。それこそ最初は捕球できずに苦労したが、彼の綺麗な横滑りのスライダーを受けているうちに、今でいうフレーミングの技術が向上していったと思う。また、抜群のコントロールでカーブやスライダーを投げる先輩がいたこともあって、キャッチングを練習するにはベストな環境だったと言えるかもしれない。のちに私が試合に出場するようになってからも、ピッチャー陣が要求したところにしっかり投げてくれるので、配球を考えるのもすごく楽しかった。

また、キャッチャーに転向したことで、私は1年夏の甲子園に練習補助員として帯同するという幸運にも恵まれた。練習では主にバッティングキャッチャーやブルペンキャッチャーを務めたが、とにかく初めて足を踏み入れた甲子園球場に、私のテンションは最高潮に達していた。甲子園練習のシートバッティングでは、同じく補助で帯同していた2年生のキャッチャーの方を差し置いて、私がキャッチャーをやってしまい、先輩にこっぴどく怒られた。

1年生の私は、道具運びや先輩方の洗濯といった雑用もこなした。下のフロアで洗濯機を回し、洗濯が終われば先輩方の各部屋に届ける。そうやって、エレベーターで何度も行ったり来たりを繰り返している横で、先輩方はキャーキャー騒ぐ女の子たちに囲まれていた。〝本当に甲子園ギャルっているんだなぁ〟と驚きつつも、先輩方が羨ましくて仕方なかった。

その年は阪神大震災が起きた1995年だったので、甲子園球場まではみんなで電車移動だった。私たち荷物運びの1年生は、結構大変な思いをしたと思う。佐久長聖との試合はアルプスタンドで応援したが、その日はたまたま私の誕生日で、宿舎には母から祝福のハガキが届いた。チームは初戦敗退を喫したが、私にとってはすべてにおいて思い出深い甲子園となった。

生涯忘れることができないミス

1年夏の甲子園が終わると、私はいよいよキャッチャーのレギュラーとなる。しかし、転向から2、3か月と日が浅く、私としてはピッチャーの球を受けることに追われるだけの日々だった。ただ、その年の秋の九州大会が長崎県開催だったため、どうしても負けるわけにはいかなかった。しかし、私たちは3位決定戦で諫早に負けて、九州大会の出場を逃してしまう。

その試合でも、私は未熟さを痛感する大きなミスを犯している。キャッチャーフライの落球、正確にはファウルグラウンドに落ちたフライボールを追わなかったのである。私は瞬時にスタンドへのファウルだと決めつけたが、すぐに〝これはヤバい！〟と気づき、慌てて追いかけ始めたが捕球できず。打ち直しとなって、その直後に逆転を許してしまったのだ。しかも相手が諫早ということで、小中学校の頃から知っている選手がたくさんいた。彼らの前でやらかしてしまったことが、本当に悔しかった。

2年夏、3年夏も長崎大会で敗れ、私は選手として甲子園の土を踏むことはなく、高校野球を終えることになってしまった。

2年夏は、決勝で敗れた。1点を追う最終回、私は先頭打者として出塁した。その後、私は三塁まで進み、一打逆転の一死満塁となった。つまり私は、生還すれば同点という大事なサードランナーだった。

その場面で代打に出てきた選手が、初球を打ってファウルとなった。この場合、塁上のランナーはベンチのサインを見ながらベースに戻らなければいけない。それがチームの決まり事でもあった。しかし、私は一瞬だけベンチに背中を向けてしまった。ボールデッドの状況なので、何ひとつ慌てることはなかったにも関わらず、だ。

あとになって、的野先生は「2球目にスクイズを出したかった」と言った。しかし、私がほんの一瞬でもベンチに背を向けてしまったために、監督がスクイズのサインを出すタイミングを逃してしまっていたのだ。その結果、バッターに打たせてセカンドゴロのゲッツーで試合終了。その試合に勝った波佐見が甲子園ではベスト8まで勝ち進んだだけに、悔やんでも悔やみきれない一瞬のミスとなった。

ビッグNスタジアムのこけら落としの大会でもあった3年夏は、準決勝で涙を飲んだ。この年は春の九州大会で優勝し、夏前のNHK杯でも優勝していたことから「今年は日大だ」と圧倒的な大本命に推されての夏だった。ところが長崎南山との準決勝は、立ち上がりからの4イニングで14点を取られるという苦しい展開となった。しかし、前述のように当時のチームは春以降負け知らずで来ていたため、私たちも負ける気はまったくしていなかった。そんな気の緩みが、私のリードにも出てしまったのかもしれない。

初回に二死二塁のピンチを迎えた場面だ。二塁上にランナーがいるので私は複数のサインを出していたのだが、それがエースの百武になかなか伝わらない。二塁ランナーのサイン伝達を意識しすぎるあまり、私の頭が混乱していたからだ。そこで一度タイムを取り、仕切り直せばよかった。しかし、サインが伝わらないまま、ちゃんと構えることもできないまま、百武に投げさせてしまったのだ。私はどの球種にも対応できるように構えたが、これがライトオーバーの長打となった。そこから一挙5点を失い、一気に流れは相手に傾いてしまった。

その試合は、初回から5、5、2、2と失点を重ねた。しかし、どんなにボコボコ行かれていても、頭の中は〝さぁ、ここからどう立て直していこうか〟ということでいっぱいだった。たしかに5回以降は0を並べ、長崎日大もコールド負け寸前のところから2点差まで追い上げている。しかし、チームは12－14で敗れた。敗因はわかりきっている。試合の入りの時点で、私がきめの細かい配球を見失っていた点に尽きる。あの一球で慌ててしまい、挙句の果てに満塁ホームランを打たれて試合の主導権を渡してしまったのだ。

その試合後、わき腹を痛めて本調子から程遠かった百武が「ごめん」と泣きながら歩み寄ってくれた。まだまだ試合には続きがあると思っていた私は、そこで初めて現実に引き戻された。甲子園を逃したことはたまらなく悔しかったが、キャッチャーになったばかりの頃に立てた「百武に見合うキャッチャーになる」という目標はクリアできたのではないか。そんな達成感を多少なりとも感じることができた夏でもあった。

日大時代の恩師・鈴木博識監督

高校を卒業した私は、日本大学へと進学した。長崎日大は日大の準付属校だが、的野先生が長崎日大を率いておられた間に日大野球部に進んだのは、後にも先にも私ひとりだけである。

すでに野球選手として能力の限界を自覚していたので、社会人やプロで野球がしたいという思いはなかった。大学進学の目的は、中学時代から抱いていた「指導者になりたい」という夢を叶えることが第一。自分自身が甲子園に行けなかっただけに「高校の教員になりたい」という具体的な目標も定まっていた。だから、在学中はほとんど単位を落としていない。

そんな私の思いが上層部に伝わっていたのか「学生コーチをやってみるか？」という話をいただいたこともあった。ただ、一般就職した高校時代の同級生に「野球をやれる時にやっておかないと損だよ。就職したらやりたくてもやれないんだから」と言われたことで、学生コーチの話はお断りし、大学4年間は選手としてやり抜こうと心に決めたのだ。

当時の日大を率いておられたのは、ご存じ鈴木博識監督（現・鹿島学園監督）である。「野球は移り変わる状況の判断と、個人プレーの結集である」が口癖の鈴木監督は、技術指導を含めた確たる指導論を持っていらっしゃる方だった。私自身は直接指導を受けたわけではないが、キャンプでバッティングキャッチャーをやっていると、主力のバッターへの技術指導を、一番近いところで聞けるという〝特権〟が得られる。ピッチャーへの指導も、キャッチャーなので同時に受けることができた。だから私のような選手は、鈴木監督の指導を見たり又聞きしたりしながら吸収していくのだ。ご自身がピッチャーとして甲子園出場や神宮大会優勝を経験していたこともあって、とくにピッチャーに関する技術論は確立されていたと思う。

そんな鈴木監督のもとで、私は3年春からベンチに入った。それだけではない。ありがたいことに、私はブルペンのすべてを任せてもらえることになったのだ。試合中は「ピッチャーがこうです、ああです。こっちの方が調子が良いです」と報告し、試合の流れを見ながら「肩はできました」とOKを出す。こうした作業を通じて、鈴木監督とは密なコミュニケーションを取らせていただくことができた。

また、一見野球とはまったく関係ないようなユニークな指導も多かった。当時の日大は室内練習場を持っていなかったため、雨の日は借りていた神宮球場の室内まで「今日は電車で行け。それも勉強だ」と言って、私たち選手は重たい野球道具を持ちながら、電車に揺られて移動したこともあった。滋賀県の比叡山延暦寺に座禅を組みに行ったことも懐かしい思い出だ。

4年春にはリーグ優勝を果たし、全日本大学選手権では準優勝を飾ることができた。しかし大学選手権の時、私は教育実習で諫早に戻ってきていた。4年秋のリーグ戦開幕時も諫早にいたが、チームが1週目に2連敗スタートを喫したことで、鈴木監督から「ピッチャーが崩壊しているから、受けてやってくれ」と緊急招集がかかり、急遽ベンチ入りすることになった。もちろん選手として出場するつもりで準備をしたが、試合には出ることがなく、ほとんどの時間をブルペンで過ごしている。

大学時代にブルペンという重要なポジションを任せてくれたことは、私にとっては非常に大きな経験となった。私はブルペンという仕事場でキャッチャーとしての個を磨き、自己を確立することができたのだ。そういう意味でも、鈴木監督には感謝してもしきれない思いでいっぱいだ。

「いつ何時、誰の球でも受ける」それがブルペンキャッチャーの誇り

私が在学していた頃の日大は、選手の顔ぶれもじつに華やかだった。私が入学した当時、2学年上には阪神の中継ぎで活躍された吉野誠さんがいた。1学年上には左のセットアッパーとしてロッテなど4球団で活躍された加藤康介さん、現在は広島でスカウトを務める尾形佳紀さん、センバツ優勝投手の下窪陽介さん（元・横浜）などが活躍されていた。

私より1学年下の、いわゆる「松坂世代」には、セ・リーグ本塁打王2度の村田修一（現・DeNA打撃コーチ）、2009年セ・リーグ最多勝の館山昌平（元・ヤクルト）。2学年下にはソフトバンクのドラフト5位捕手・大野隆治、現在はDeNAで打撃投手を務める堤内健ら、のちのプロ選手がずらりと並ぶ豪華布陣である。

日大のブルペンは、とにかく面白かった。非常にレベルの高いピッチャーの球を受けながら、それぞれまったく違った個性に触れることができたからだ。しかも、私は一日中ブルペンにいるので、ピッチャーごとに異なる肩の作り方を、じっくり観察することができた。

館山なら試合で投げる日はまず遠投をして、20球ぐらいのピッチングを行う。いったん間隔を空けて、再度ピッチングをする。中には「インコースに10球、アウトコースに10球、変化球を10球、最後にサインを出してくれ」というピッチャーもいた。このように、ピッチャーによって異なるルーティンを見させてもらったことが、現在の指導にも活きている。

ピッチャーにとって「ボールはお守り」だ。焦って投げ急いでいるピッチャーは〝早くボールをよこせ〟と言わんばかりに、マウンドから降りてきてボールを受け取るものだ。キャッチャーからの返球を強く投げ返した方がいいピッチャーもいれば、優しく返球してあげた方がいいタイプもいる。グラブの型にこだわる神経質なピッチャーには、そっと返してあげた方がいい。そういった個性を見極める作業も、本当に面白かった。

ピッチャーの機微に気が付くかどうか。それもキャッチャーにとっては大事なポイントだが、それは下級生よりもむしろ先輩方のボールを受けた時に一番身に付くものだと思う。捕球時に良い音を立てるとか、良いボールをピッチャーに返すとか心がけているうちに、気づかいや気配りが身に付くのだ。そこは縦社会の良い部分かもしれない。

ただ、それらはすでに高校時代に行っていたことでもある。高校時代は百武という偉大な存在に対して〝どうやったらこいつが気持ち良く投げてくれるかな〟ということを、すごく考えていた。百武はボールが行かなかったら極端にイライラすることもあったので、心理面での波をいかに少なくするかを工夫していたのだ。大してボールは来ていないのに「ナイスボール！」とオーバーリアクションで褒め、返してあげる。普段よりもさらに良い音を立てて捕球しようと努めたこともあった。このように〝ピッチャーの様子を見ながら受ける〟という作業は、高校時代からすでにやっていたことなのだ。

そして、私の中にはブルペンキャッチャーとしてのポリシーがあった。それは「上級生になっても、下級生から頼まれれば必ず受けてあげる」というものだ。いつ何時、誰のボールも受ける。それがブルペンを一任されている者の務めだと思っていた。

新しい価値観をチームにもたらした金城孝夫監督

大学を卒業した私は母校の長崎日大に戻り、的野先生のもとで野球部のコーチに就任した。しかし、当時は同じ指導者という立場であることを自覚できず、相変わらず「監督と教え子」という立ち位置のままだった。的野先生が白と言えば白、黒と言えば黒であり、的野先生が「やれ」と言われたことをこなすのが、私の仕事だと思っていた。

しかし、それが的野先生には物足りなかったようだ。「お前は東都リーグまで行って野球をして帰ってきているのに、それだけの野球観しかないのか」と言われたこともあった。監督の的野先生に対して、私がもっといろんなことを投げかけていれば、チームはもっと活性化したはずなのだ。

結局、私が指導者となってから的野先生のもとで甲子園に行ったのは、2003年夏の一度だけに終わった。その後、退任されるまでの3年間は、完全に甲子園から遠ざかっている。的野先生が率いた長崎日大が春夏ともに3年間も甲子園出場を逃したのは、これが初めてだったという。私の考えを、もっとぶつけるべきだった。その後悔は、20年近く経った今でも拭うことができない。

その後、長崎日大は金城孝夫先生を監督に迎え、私は2008年から部長となった。あらためて説明するまでもなく、金城先生は1999年春に沖縄尚学で全国制覇を達成し、沖縄に初めて甲子園の優勝旗をもたらした名将である。長崎日大での甲子園初采配となった2007年夏には、学校最高のベスト4にも進出。退任される2018年夏までの間に3度の甲子園出場を果たしている。

金城先生時代の私は、任されたセクションを全うすることに専念していた。なかなか自分を主張することは難しかったが、当時はメインノッカーを担当しており「午前中はすべて任せるので好きに使っていい」と言われることもあった。

金城先生は技術的なことよりも、むしろチームマネジメントに対する新しい考え方を長崎日大に持ち込まれた方だと思う。たとえば、それまではあまり重視していなかったサプリメントを導入したり、トレーナーも招集したりした。また、新しくヨガを導入するなど、コンディショニングに関する多くのことをチームにもたらしてくれた。保護者を動かす力にも長けていて、環境整備にも力を尽くされた。実際に金城先生のおかげでグラウンドにはいくつもの照明が立ち、小屋や倉庫も新たに設置されている。そうやってまわりの大人を巻き込んで動かしていく部分を見て、学ばせていただいたことはたくさんある。

甲子園初采配、出場だけで満たされるチームではいけない

金城先生が退任された直後の2018年夏から、私は監督として母校・長崎日大を率いている。公式戦初采配となった2018年秋は長崎商に3－10で敗れてベスト4。翌春はまたしても長崎商に1－2で敗れ、ここでもベスト4。そして、初めての夏指揮も海星に1－2で敗れてベスト4に終わっている。なお、夏に関してはこの2019年のベスト4が、監督としての最高成績である。

翌年はコロナ禍の影響で春の大会が中止となり、夏は甲子園とは無縁の独自大会となる。そして、その年の秋は監督として初めて決勝進出を果たした。大崎に3－7で敗れて準優勝に終わったものの、なんとか初の九州大会出場を決めたのだ。しかも、現役時代に果たすことができなかった地元長崎県開催の九州大会だったこともあり、この時の

喜びはひとしおであった。

秋はそこから4年連続で九州大会出場を続け、2021年はベスト4、2022年は準優勝と結果を残すことができた。これにより、2022、23年は2年連続でセンバツ出場を勝ち獲ることができた。

もちろん、その間もチームは順風満帆だったわけではなく、私自身も指導の試行錯誤を続ける日々が続いた。そのあたりの話はのちの章でも述べようと思うが、様々な苦労を乗り越えてきた子供たちが報われる瞬間に立ち会うというのは、高校野球の指導者にとってこの上ない喜びであるのは間違いない。その感激の味を教えてくれた選手たちには、心からの敬意と感謝の念を抱いている。

監督として初めて甲子園に行った2022年春は〝うわぁ！　甲子園に来たな〟、〝やっと帰ってくることができたな〟、〝この感覚は久しぶりだな〟と、立て続けに様々な感情が押し寄せてきた。しかし、いざ近江との試合が始まってみると、意外なほど落ち着いている自分がいた。緊張に襲われたわけでもなく、浮き足立った感覚もまったく感じなかった。

甲子園では2度とも初戦で負けてしまったが、恥ずかしくない試合はできたと自負している。近江との試合は、この大会で準優勝の強豪を相手にタイブレークまでもつれる接戦を演じることができたし、翌年の龍谷大平安戦も3－4という紙一重のゲームだった。しかし、あと一歩何かが足りなかったのも事実だ。

やはり、プレッシャーは県大会の方が大きい。甲子園には全国レベルの強いチームばかりが出てきているのだ。正直に言えば〝まずはここまで来たことを褒めてあげたい。それに、ここで負けても夏がある〟という気持ちがなかったわけではない。良い試合をしながら、最終的には勝てていない原因は、きっとこういうところにあるのだろう。

これからは、本当に全国で戦えるチームを目指していかなければならない。私たち長崎日大が全国レベルの強豪に勝っていくためにも、甲子園で味わった2度の敗戦を糧にしていきたいと思っている。

一瞬を見逃さない百戦錬磨の勝負眼

甲子園では、近江の多賀章仁監督や龍谷大平安の原田英彦監督といった、百戦錬磨の監督さんと試合をさせていただいた。もちろん甲子園での経験や実績においては、私など到底足元にも及ばない方々だ。しかし、相手ベンチの監督を意識しすぎると、私自身がおかしくなってしまいそうな気がしたので、試合中はあまり意識しないように努めていた。ただ、私がそう思っている時点で、すでに相手に呑まれてしまっていたのかもしれないが……。

後日、龍谷大平安との試合を振り返った記事の中で、原田監督が「途中で平山監督がグラウンドコートを着ましたよね」とコメントを残していた。私としては雨が降ってきたためにグラウンドコートを着たという、無意識の行動に過ぎなかった。しかし、相手の原田監督は「あそこで〝寒い〟と感じたということは、試合に集中していなかったのではないか」と感じたらしい。

〝これはチャンスがあるぞ〟と思ったのかはわからないが、原田監督ほどのベテランになれば、相手のちょっとした瞬間も見逃してはくれない。グラウンド上の選手だけではなく、相手ベンチの監督のこともちゃんと見ているのだ。当たり前のことではあるのだが、甲子園の采配とはそういうものなのだなと、あらためて教えられた気がする。

原田監督といえば「俺が一番の平安ファンだ」と公言してはばからず、チームの名誉を守るためなら、たとえ甲子園であっても公衆の面前で観客と口論するほどの方だ。要するに「母校で指揮を執ろうと思えば、それだけの覚悟がなければ務まらない」ということなのだろう。母校愛を隠すことなく全力で選手を指導する原田監督は、同じく母校を指揮する私にとっては憧れの存在と言っていい。

　最初に行った2022年はまだまだコロナの影響も濃く、甲子園練習も開会式もなくて拍子抜けしたし、宿舎もお喋りが禁じられた中みんなで黙々と前を向いて食事を取るという、なんとも辛い状況ではあった。それでも私は、選手たちのおかげで甲子園での采配を経験することができたのだから幸せ者だ。

　もうひとつ、嬉しかったことがある。長崎日大初のOB監督として、的野先生を甲子園に連れて行くことができたのだ。的野先生にとってはおそらく人生初のアルプスでの試合観戦となったが「平山、アルプスはいいぞ。いろんなOBが入れ替わり立ち替わり挨拶に来てくれた」と、想像以上に喜んでいただけたのである。次は夏に的野先生を甲子園に連れて行く。その思いは、日に日に高まっている。

第二章

新世紀に吹いてきた新しい風
長崎を強豪県に押し上げた力

長崎に全国レベルの物差しをもたらした清峰の出現

２０２３年春。長崎県高校野球の歴史に、新たな１ページが刻まれた。私たち長崎日大と海星による、センバツ大会ダブル出場が実現したのだ。九州の他県すべてが２校同時出場を複数経験している中、長崎県では史上初。そんな歴史的快挙の達成に、私たち長崎日大が加わることができたことを大変嬉しく、そして誇らしく思う。

20世紀の長崎県勢は、春夏通じて甲子園ベスト4が4度、ベスト8が9度あるが、全国制覇はゼロに終わっている。夏の甲子園で30イニング連続無失点の快投を演じ「サッシーブーム」を巻き起こした酒井圭一さん（元・ヤクルト）を擁する海星でさえ、ベスト4止まりだ。その後も苦戦は続き、夏が1県1代表制となった１９７８年以降の16年間、甲子園で２勝以上を挙げた長崎県代表はゼロという苦しい時代が続いたのである。

ところが、21世紀に入って流れは一変した。なんといっても、清峰の出現が大きかった。清峰は２００５年夏に甲子園初出場を果たし、当時は無名の県立校でありながら同年センバツ優勝の愛工大名電、前年センバツ優勝の済美を破る快進撃を演じる。翌2006年にはセンバツにも初出場し、東海大相模やPL学園といったビッグネームを倒して〝あれよあれよ〟と準優勝を成し遂げたのだ。

清峰が甲子園に初出場した2005年夏、長崎日大は準々決勝で清峰と戦い0－10で完敗している。これほど完膚なきまでにやられるとは、以前ならまったく考えられなかったことだ。そして〝もう二度と浮かび上がってこれないぞ〟といった危機感にも襲われた。「これで日大の時代は終わった」という声があちこちで噴出し、本当に悔しかったことをよく覚えている。

2007年夏には、私たち長崎日大が甲子園でベスト4に進出したが、清峰の勢いは一段と加速。2009年春には菊池雄星投手（エンゼルス）を擁する花巻東に勝ち、ついに甲子園で県勢初の頂点に立ったのである。

前身の北松《ほくしょう》南時代は、県1回戦を勝つのがやっとで「じゃくしょう南」と揶揄されていたほどの野球部だ。当時を知る長崎県の人間であれば、人口1万7000人ほどの佐々町にある公立校が甲子園で優勝するなど、夢にも思わなかっただろう。町や学校の規模を考えれば「奇跡」という他なく、吉田洸二さん（現・山梨学院監督）、清水央彦さん（現・大崎監督）というふたりの大指導者が揃ったことも、ひとつの奇跡と言っていいのかもしれない。

清峰が全国制覇を達成した時に、長崎日大のスタッフとして真っ先に考えたのは〝夏は清峰を倒さないと甲子園に行けない〟ということだった。また、むしろ日本一になってくれて良かったとも思った。センバツで準優勝やベスト4といった結果に終わると、大きな悔しさを持って夏に向かってくるだろう。それよりも、ひとつの大きな目標を達成したことで、燃え尽き症候群のような心の隙が生まれるのではないかと考えたからだ。

もちろん長崎県にとって、清峰の優勝はとてつもなく大きなことだった。長崎県全体を〝その気〟にさせてくれたからだ。誰もが〝清峰を叩けば、自分たちも行ける。自分たちもやればできるんだ〟と前向きな気持ちになれたのである。つまり、全国で戦うための明確な物差しを、長崎県全体に示してくれたのが清峰だった。その頃から長崎県内の競争レベルは、一気に跳ね上がったと思っている。

吉田洸二監督が春にめっぽう強い理由

当時の清峰は、吉田監督と投手中心の技術指導に長けていた清水さんのバランス感覚が、なんとも絶妙だった。料理にたとえるなら、コーチの清水さんがいろんなところから食材を仕入れてきて、それを上手く料理する。そして料理長の吉田監督が、しっかりと味付けを施して仕上げるのだ。

中には「いや、もうあれは清水さんのチームだよ」と言う人もいたが、私は決してそうではないと思う。たしかに陣頭で指導したのは清水さんだったかもしれないが、それを最終的に上手くまとめられる監督がいてこそ、チームという組織は成立する。結局は、吉田監督が最終的な味付けを間違いなく行っていたからこそ、試合に勝っていたのだ。

私自身が吉田監督とお話をする機会はほとんどなかったが、吉田監督をよく知る人からは「あの人は空気を読むのが上手い。試合の展開とか危機察知能力も含めて、試合の流れを読むのがじつに上手かった。試合の流れを変えるとか〝ここだ！〟という時の選手の乗せ方もすごく上手だった」という話を聞いたことがある。

清峰は新チームができたばかりの秋、そして春にかけてはめっぽう強かった。おそらく吉田監督には、選手に同じ方向を向かせ、その気にさせる力があるのだろう。しかも、そういう力はチームが初々しい時期ほど効果を発揮するものだ。実際にセンバツでは準優勝と優勝という結果を残しているし、山梨学院での初優勝も春のセンバツである。

清峰時代の清水さんは、いろんな強豪校に足を運んで指導のノウハウを学んでいたようだが、現在の吉田監督は部長を務める息子さんに同じことをやらせている。「ピッチャーのことを勉強してこい」と言って、年に数回は清水さんが指導する大崎まで足を運ばせているそうだ。吉田監督は自分の特徴を踏まえたうえで、自分のチーム作りをしっかりと形にしてきた方だ。現在は片腕でもある息子さんを、かつての清水さんと同じポジションに見立てているのではないかと思う。当時、清峰がもっとも強かった時代を再現しようとしているのかもしれない。

傍らには選手に厳しいコーチを置き、そこで優しい言葉を掛けながら選手や部下を上手に操縦していく。そして、しっかりと鍛えられた選手たちを最終的にはその気にさせて、パッと試合に送り出していくのだ。そのあたりの人材活用法やチーム運営のテクニックを見ていると、やはり吉田監督は本物のリーダーだなと思う。

そんな清峰に大敗した2005年夏以降は、私たち長崎日大も必死になって食らい付いていった。金城先生が監督となってからの長崎日大は、最初の4年間で3度の甲子園出場を果たし、2009年夏には春夏連覇を狙った清峰を、大瀬良大地を擁して食い止めることができた。

一方で、清峰を中心に長崎県の高校野球界が回っていた時代に、のちに県内の勢力図を大きく塗り替えていくことになるふたりの指導者が出現した。創成館の稙田龍生監督と、海星の加藤慶二監督である。

円熟味を増す「守り勝つ野球」の創成館・稙田龍生監督

創成館の稙田監督、海星の加藤監督が県内の高校野球界にもたらした影響は、非常に大きいと感じている。おふたりに共通しているのは、もともと長崎県の出身ではなく、県外でトップレベルのアマチュア野球を経験してこられたということだ。

「守り勝つ野球」をベースに、創成館を春夏8回の甲子園に導いたのが、九州三菱自動車（現・KMGホールディングス）出身の稙田龍生監督だ。大分県出身で、別府大付（現・明豊）から自ら売り込んで社会人野球入りしたという球歴の持ち主で、2008年から創成館の指揮を執っている。

そんな稙田監督によって鍛えられた創成館の守備力は、県内はもとより九州地区でもトップクラスだ。守りの基本は、社会人野球のハイレベルな考え方にある。たとえばランナーが一塁にいた場合の守りでは、私なら負けないことを最優先に考えて、最低でもひとつのアウトを取ろうと考えてしまう。もちろん日頃からゲッツーを取る練習はしているが、一発勝負の高校野球では〝まず先の塁で確実にフォースアウトを取ろう〟という考えになってしまいがちだ。しかし、創成館の選手には〝ゲッツーを取れるところで取らないと意味がない〟という感覚が染みついており、そういう場面でも当たり前のようにアウトをふたつ取りに行く。いわば、攻めの守備が徹底されているのだ。

稙田監督は社会人の監督としても都市対抗、日本選手権を戦っている方だけに、さすがの試合巧者でもある。攻撃面でもじつに嫌らしく、エンドランも転がしたいところにしっかり転がしてくるし、進塁打が欲しい場面ではきちんと進塁打を打ってくる。

また、稙田監督は「どうせ県内の子はウチに来ないだろう」と言って、ほぼほぼ県外出身の選手でチームを作ってこられた。もちろん長崎日大や海星をはじめ、いろんな私学にも県外出身選手はいたが、稙田監督のようにあれだけ割り切って県外選手を獲ってくるチームは、それまでの長崎県には存在しなかった。稙田監督の創成館が出現して以降、長崎県内の高校も明らかに県外出身の選手が増え、現在の長崎日大にも全体の約3分の1を占めるようになった。そういう意味でも、今までにない考え方を稙田監督が長崎県に導入したのは間違いない。

その創成館が、夏は２０２３、24年と連続で甲子園に行った。以前は夏に強いイメージのなかった創成館が勝ち始めたのだから、私たちとしては非常に厄介だ。しかも、その２年間の創成館は、戦力的に決して抜けた存在ではなかった。実績的にも海星や長崎日大に先行を許しながら、勝負の夏に一気の追い込みで頂点を摑んでしまったのである。突出した選手がいなくても勝てる術でもあるのだろうか。おそらく稙田監督と創成館には、そこが見えてきているのかもしれない。

創成館と試合をすると、海星のような圧倒的スケール感は感じないものの、気づいたら負けてしまっている。まさに稙田監督が掲げる「苦戦しても敗戦しない」野球が、一段と円熟味を増してきた印象を受ける。

「投・打・走」にスケール感

近年最大のライバルは海星・加藤慶二監督

もちろん創成館は、甲子園に行くためには倒していかなければならない相手と見て間違いない。しかし、ここ数年の長崎日大にとって、もっとも大きな壁となっている存在が、県勢最多25回の甲子園出場を誇る海星である。

チームを率いる加藤慶二監督は、広島県出身。県広島工3年時には主将として夏の甲子園ベスト8入りを経験し、日本体育大ではリーグ戦首位打者、ベストナインにも輝いている。社会人のJR九州を経て2000年に海星で指導者となり、翌2001年秋に監督となった。年齢は加藤監督の方が上だが、高校野球の指導歴は私と同じで、勤続20年表彰も同時にいただいている。

海星の選手たちを見ていれば、精神的にもしっかりプレッシャーをかけられ、みっちりと練習をしていることが一目瞭然だ。そして海星には、伝統的に強打や脚力がある。戦力的にも巨大で〝投げる、打つ、走る〟という基本的な力がどこよりも強い。〝すべてにおいてスケール感がある〟というのが、私たち長崎県で野球をやっている人間が抱く海星の印象だろう。

私が監督になって以降、海星とは春夏秋3大会で8試合戦っているが、対戦成績だけを見れば相性は決して悪くはない。通算では5勝3敗で、8試合のうち決勝で戦ったのが半数の4試合あるが、そこでも3勝1敗と勝ち越している。ただ、私が初めて指揮を執った2019年夏に、準決勝で敗れたのが海星だった。2021年からは3年連続で秋の決勝を戦った。このように、大事なところでいつも私たちの行く手を阻もうと立ちはだかるのが海星なのである。

そんな強力なライバル関係にある私たちだが、練習試合では頻繁に顔を合わせる仲でもある。2021年から23年にかけて、3年連続で秋の長崎大会決勝で戦った際も、九州大会前後は頻繁に手合わせをしていただいた。いずれも県の決勝まで進んだことで、練習試合の相手を探すのに困っていたという事情もあるが、他県の方からは「そんなことができるのか」と驚かれることが多い。

このように、決勝を戦うチーム同士で練習試合をすることを、私は躊躇しないし、違和感もない。しかし、加藤監督には私には言わない信念があるそうだ。「ウチに力がない時は日大とやる。ウチに力がある時はやらん」と言っているらしい。それが事実なら、ここ数年で練習試合の機会が多かったということは、多少なりとも長崎日大の力を感じてくれていたということかもしれない。

最近はまわりの人たちから「海星と長崎日大の2強で突っ走らなきゃいけない」と言われることも多い。私自身も県最多の甲子園出場を誇る海星と、2位の長崎日大がリードする長崎県の高校野球界を作っていきたいと思っている。現在は長崎日大以上に海星が安定した強さを発揮しており、2年連続で夏を制した創成館がここに割って入ろうとしている状況だ。長崎日大が遅れを取らないためにも、2025年の夏はいろんな意味で勝負になると覚悟している。

2度の奇跡を起こした「甲子園請負人」大崎・清水央彦監督

近年の長崎県を見てみると、甲子園に出場しているのは創成館、海星、そして私たち長崎日大が多数を占めているのだが、ここ数年で大崎が加わり〝4強〟の様相を呈している。

大崎を率いるのは、かつて清峰を常勝軍団に育て上げた清水央彦監督だ。清水監督は清峰のあとに佐世保実監督として2度の甲子園を経験し、2022年春には大崎を初の甲子園へと導いている。つまり、3校の甲子園出場に携わっている「甲子園請負人」と言っても過言ではない。

実際に清水監督が指導するチームは、次々に強くなっていく。「北松の奇跡」と呼ばれた清峰の快進撃はすでに触れたが、佐世保実では2012年から夏の長崎を2連覇。そして、大崎で演じた「2度目の奇跡」も記憶に新しい。

人口わずか5000人ほどの大島にある公立校の大崎は、清水監督が就任した2018年春の時点で、野球部員はわずかに5人。廃部寸前の状況から短期間でめきめきと力を付け、就任からわずか2年半後の2020年には、秋の長崎大会で早くも初優勝を達成する。翌秋も県を連覇し、その勢いのまま九州大会をも制してしまった。

清峰日本一の原動力となった今村猛投手（元・広島）をドラフト1位右腕に育てるなど、清水監督はピッチャー育成に長けた指導者だ。ピッチャーを作るということに関しては、誰もがその手腕を認めなければならないほどの方だと思っている。

清水監督がコーチを務めた時代の清峰は、ピッチャーが毎年のように〝伝家の宝刀〟スライダーに加え、カットボールを多投するようになった。九州の中では、長崎県がカットボールをスタンダード化させたイメージが強いのだが、それを主導したのが清水監督だと私は思っている。

その練習を見学したことはなく、清水監督も多くを語ろうとはしないのだが、聞くところによると、ピッチャーの練習は独特で「お前は真っすぐとスライダーのコンビネーションだけをひたすら練習しろ」、「ここに投げられるようにしろ」、「ここのコンビネーションだけを身に付けてくれ」と、かなり入念で細かいらしい。直接見たわけではないが、そうやって部分的な強化をしながら、打ち取る確率の高いボールをひたすら投げ込んでいくというやり方なのかな、と感じている。

そして、対戦相手である私たちが配球パターンをわかっていたとしても、それを上回るボールの力や変化球のキレで勝負できるピッチャーを伝統的に作ってくるのだ。

清水監督のチーム作りを語るうえで忘れてはならないのが、圧倒的な練習量だ。清峰時代に話題となった丸太を抱えてのインターバル走、綱引きロープを使っての体幹トレーニングなどは、大崎が甲子園に出場した当時もしっかり踏襲していたらしい。だから大崎の選手の体は、いつだって強豪私学の選手に勝るとも劣らない見栄えなのだ。フィジカルが強いので、野手も軒並み振る力は強い。

「勝てるピッチャー」を中心にリズムを作り、パワフルなバッター陣との相乗効果で勝ちを重ねていく大崎。独特の野球観を持った清水監督の中には、きっと〝こうやれば勝てる〟という型ができあがっているのではないだろうか。

素直な心でライバル監督から学ぶ姿勢が必要

長崎県には植田監督、加藤監督、清水監督をはじめ、名だたる監督さんがたくさんいる。みなさんのような上位で活躍している監督さんたちを見ていると、当然のようにチームの作り方や技術の上げ方などに特徴や個性がある。また、それぞれに強いこだわりがあり、私自身がそこから得ているものも少なくはない。

これだけの指導力を持った指導者が、こんなに近くにいるのだ。であれば、そこに飛び込んでいき、学ばない手はないだろう。「県外から選手を獲っているから勝っている」だとか「選手が多いから勝っている」と言っているだけでは、勝機を見いだすことなどできない。チーム作りとは、そんな単純なことではないのだ。疑問に思ったことは、見て学ぶ。直接聞く。そういう素直な姿勢こそ、指導者には必要なのではないだろうか。

とくに新チーム初期の頃には、他チームから学ぶべき点は多い。チーム作りのうえでもっとも難しい「最初のアプローチ」を、他の方はどういうふうにやっているのか。実際に教えてもらわなかったとしても〝ここは徹底するんだな〟というふうに、肌で感じる部分があるはずだ。

夏に負けた直後に、創成館と練習試合をやった年もあった。同じくらいのタイミングで負けてしまったら、そういうことも可能なのだ。むしろ、勝ち残っているチームとはできないのだから、大会の敗戦直後はライバルの監督さんに飛び込むチャンスなのである。

その点、長崎県は恵まれている方なのかもしれない。先に述べた海星と長崎日大のように、県内の上位にいるチーム同士が盛んに練習試合を行っているからだ。

海星の加藤監督は「どこことも組んでいないのならやろうよ」と言って、諫早まで来てくれることが多い。創成館はグラウンドが目と鼻の先にあることもあって、お互いのAチームが遠征に出ていれば、すぐにB戦を組んでやらせてもらっている。

最近は大崎ともやるようになった。土曜日は長崎日大のグラウンドまで来てもらい、翌日は私たちが大崎のグラウンドに赴き1日3試合をこなしたこともある。大崎と長崎日大とで、合同練習をやったこともあった。その時は互いに夏の大会が不甲斐ない結果で終わってしまったため、悔しさのあまり「一緒に強化しましょう」ということになったのだ。

当時は「あの清水さんが県内同士の交流をするのか⁉　ましてや大崎・日大というライバル同士でやるのは意外だ」と言われたものだが、こうやっていろんな方の懐に飛び込んでいけることが、私にとっては一番の武器なのかもしれない。

私が部長だった2013年夏に、長崎日大は清水監督率いる佐世保実に決勝で敗れている。とにかく悔しかった私は、清水監督に「ウチのチームをどう思われますか？」と直接電話を入れて尋ねたことがあった。その時、清水監督は試合直後だったにも関わらず、私に本音でこう語ってくれたのだ。

「最近の日大さんは凡ミスがあるよね。昔は完璧に仕上がっていたけど、夏に凡ミスをやっていては勝てないでしょう」

そうやって私は、勝てない理由を直接対戦相手から見つけ出そうとした。他の方がどれほど県内同士、ましてや同じレベルで競り合うライバル間の交流を重視しているかはわからない。ただ、私にとってはそれが自分自身を成長させる大きなツールになっていることは間違いない。みなさんは迷惑がっているかもしれないが、これからも〝これだ！〟と思える部分は積極果敢に盗んでいきたい。

長崎県内には、常に新しい風が吹いている

野球以外の部分で、私が創成館の稙田監督から学んでいることもたくさんある。まずは、テレビや新聞といった地元メディアとの付き合い方だ。稙田監督は自らが中心とな

って、県内メディアのみなさんとの交流会を開催している。そういう取り組みも、植田監督が来る前の長崎ではありえなかったことだ。特定の記者さんと仲良くさせていただくことはあっても、県内ほとんどのメディアの方が一堂に会して交流をする機会など、正直思いついたこともなかった。

２０２３年に私は初めて出席させていただいたのだが、そこでの会話を見たり聞いたりすること自体がすごく斬新で、グラウンドだけでは得ることができない感覚をたくさん味わったのである。

植田監督は甲子園に行っても、長崎県内から取材に来ている人たちを呼んで食事会を行っている。私自身はそういうことを一度もやったことがない。普通はやらないものだと思っていた。しかし、植田監督は「県民に応援してもらおうと思ったら、まずはメディアの人たちに応援してもらわなきゃいけない。だから、こういうことは絶対にしなきゃいけないんだ」と言うのである。それもある意味では「チームマネジメント」の一環なのだ。

私たち学校の教員には、そういった発想が感覚的に欠けているのだと思う。むしろ〝大会中に飲み会なんてダメだろう。もっと野球に集中するべきだ〟と思うのが当たり前であろう。しかし、植田監督の言う通りで、メディアに応援してもらえないチームが、県民に応援してもらえるはずもない。一緒の空間を過ごすことで、メディアのみなさんに〝県代表とともに戦うんだ〟という思いが芽生えたら、それが県民にも伝播していくのだ。そういう空気感が生まれれば、試合に負けたとしても「僕らと飲んでいるから勝てないんですよ」と、皮肉を言う人もいなくなるはずだ。

とくに私たちのような私学の人間は、学校の魅力やこれからの在り方を発信していくことも仕事である。そういう意味でも、植田監督が長崎県に持ち込んだものは非常に大きいと思う。

さらに植田監督は、県内外の強豪校を諫早市周辺に呼んで集中的な練成会を行う「のんのこベースボールフェスタ」を起ち上げ、野球を通じたゴールデンウイーク期間中の地域振興にも努めていらっしゃる。2024年の「のんのこ」には、なんと中四国からの遠征組を含めた50を超える学校が集まった。こうした植田監督の人を取り込む力やコミュニケーション能力は群を抜いている。もちろん県出身の先輩方が培ってこられた、地元の素材を自分たちで叩き上げていくという長崎の野球も素晴らしいし、大きな価値があるとは思う。しかし、新しく吹いてくる風は、いつでもキャッチしたい。そういう感性を、私は常に持っていたいと思うのである。

「投内連係」と「実戦力強化」で復活した長崎日大

そういう刺激的な長崎県で戦いながら、長崎日大は２０２２、23年と2年連続でセンバツ出場という「結果」を残すことができた。甲子園は12年ぶり、春は23年ぶりの出場ということで、多少は母校に恩返しできたのかもしれない。

私自身が「チームが強くなってきた」と実感することはないが、レベルの高いライバルたちに競り勝ちながら県上位に定着できていることについては、いくつか思い当たる理由がある。

まず、秋の大会に勝てなかった理由をあらためて考えてみた。敗因の多くは、ピッチャーの与四死球やフィールディングミスだ。とくに秋は、フィールディングミスが絡むことが多い。したがって、新チームがスタートした時点から、内野ノックと同時に投内連係を毎日のように入れるようになった。ピッチャーは最低限、四死球を出さないようにすること。そして、相手が送りバントをしてきた時には必ずアウトを取ること。このように、フィルダースチョイスをしない守備を、徹底して鍛えてきたのだ。それらが練習通りにできた時には、ロースコアの試合も確実に取っている。

未完成の時期に、守りの重要性を再確認し、追求できるかどうか。たしかにここ数年の私たちは、守りを重視した基本練習に重点を置いてきた。それが結果につながったのは、間違いないのかもしれない。

そして、4年連続で秋の九州大会に出場した頃から、練習試合の数をこなすようになった。以前の創成館は、夏よりも秋、春に強いというイメージがあった。なぜ秋や春に強いのか。それはどのチームよりも選手に「実戦力」を身に付けさせているからだ。

チームがまだまだ若いのだから、実戦経験を積ませてあげることは重要である。そこで私たちも、以前は新チームの時に入れていなかったB戦を多く組んだり、いろんな形の実戦を各部員に経験させたりするようになった。そのうえで、頻繁に選手の入れ替えを行いながら、チーム作りに取り組んだのだ。

このように、長崎日大は身近なライバルに引き上げられながら、ようやく甲子園に辿り着けるまでになった。しかし、私が監督となって以降、夏の出場はまだない。もちろん夏の深紅の大優勝旗を長崎に持って帰る第一号が、長崎日大でありたいとは思っている。だがそれは、並み居る強豪を倒して夏の長崎を勝った時に、初めてそのスタート地点に立つことができるのだ。もちろん県内全体のレベルアップも考えているが、まずは自分のチームを強くすることが第一。そのためにも、指導力のある監督さん方から、何かひとつでも学べるものはないかという姿勢は持っていたい。ありがたいことに、ここ長崎県には、それができる土壌があるのだ。

第三章

長崎日大の人作り

グラウンドは子供たちが〝ホームインできる場所〟

素の自分をさらけ出して選手との距離感を取る

ここからは私が取り組んでいるチーム作りの一端を紹介していこうと思う。

まず、私たち指導者は「選手が主役」だということを忘れてはいけない。昔は「俺のサインで勝たせてやる」という指導者が多かったと思うが、実際は監督のサインが決まるか否かで勝敗が決するわけではない。監督の仕事はサインを出して悦に入ることではなく、いかに選手たちが持っている力を発揮させてあげられるかどうか、だと思う。主役は私たち監督ではなく、子供たちなのである。彼らをサポートしながら、成功へと導く。それが私たち指導者の果たすべき仕事なのだ。

だから私は、選手を自分の型にはめていくことが、チーム作りにとってプラスにはならないと信じている。私には、自分がグイグイ引っ張っていけるほどのカリスマ性もないから、生徒と指導者の共存を考えていかないと指導はできない。その年の選手が攻撃重視のチームを作ろうとしているのなら、こちらからそれに順応していくのである。私が指揮するようになって以降の長崎日大は、そういうチーム作りを行うことがほとんどだ。

私の野球人生を振り返ってみると、褒めて伸ばされた経験はまったくない。恩師から叩き込まれたのは「反骨精神」である。当時はいかに監督に認めてもらえるかを第一に考えていた。実際にそういう指導スタイルが良しとされた時代も、たしかにあったと思う。しかし、急速に変化している現代社会では「俺に付いてこい」という指導にも限界がある。だから、私は選手との距離感を重視するのだ。

しかし、ひとえに「距離感」と言っても、距離の取り方はじつに難しい。無意識のうちに距離が離れすぎないようにと考えているからか、私と選手との距離が〝近すぎる〟と感じる人もいるらしい。中にはそれが私の優しさに映っている人もいるようで「そんな情を出していては勝負に勝てない」と言われることもある。

私としては高校時代から勝負の厳しさを嫌というほど教わってきているだけに、そういった情を売りにしているつもりもないし、指導に活かそうとしているつもりもない。あくまで私個人が味わってきた様々な思いを、いろんな形にして伝えたいと思っているだけなのだ。

それでも、いろんな人から「そんなことでは勝てない」、「もっと勝負に徹しないと夏は勝てないぞ」と言われてしまうこともある。何度も言わせてもらうが、私は決して自分の指導が甘いとは思わない。その一方で、厳しくしたからといって勝てるわけではないとも思っている。それならば、自分のありのままの姿で選手と接した方が、理想とするチームを作っていけるのではないか。着飾ったところで、どうせボロは出てしまうのだ。平山清一郎という人間の〝素〟をさらけ出していった方が、私の考えも子供たちにしっかり伝わるに違いない。最近はそんなふうに考えるようにしている。

「甘い、厳しい」の判断はみなさんにしていただくとして、ここでは私が選手との距離感を作るうえで大事にしていることをまとめてみようと思う。実際に起こった出来事を例に出しながら、私の考えを述べていきたい。

選手と一対一でパフェを食べ、ラーメンをすする

各家庭から大事な子供さんをお預かりしている以上は、監督である私が親代わりとして子供たちに寄り添いたいと思っている。だから私は、監督が怖くて選手が何ひとつ要

望もできないといった昔の風潮を、なんとか取っ払いたいと思ってチーム作りを進めてきた。「親身」という言葉の通りで、指導者と選手という間柄であっても、見守り、寄り添う気持ちは忘れないようにしている。

2023年のセンバツに出場したチームの正捕手・豊田喜一は、福岡県北九州市出身で、親元を離れて寮で生活をしていた。その豊田が深夜に激しい腹痛を訴え、救急搬送されたことがある。私は急いで寮へと急行し、病院にも同行した。

このように、寮生の体調が悪くなったと聞けば、すぐに電話で「何か必要な物はないか？」、「病院に連れて行ってくれる人はいるか？」と様子を確認し、必要とあれば夜中でも私が病院に連れて行く。コロナの頃は1日1回は選手の顔を見に行き、何かしらの声掛けをするように心がけていた。

守りの要でもあった豊田が怪我をした時は、私が車を運転して佐賀県の病院まで連れて行ったこともある。その帰りにたまたま目にしたスイーツ店が気になり、私たちは寄り道してパフェを食べながらいろんな話をした。

また、ある選手が突然「福岡の実家に帰る」と言って寮を飛び出した時も、私自身が直接連れ戻すことにした。電話を入れたら、すでに博多駅にいるという。「今回のような勝手な行動を許せば、チームの中で収拾がつかなくなる。そこで電車を降りて帰ってきなさい」と伝え、私はその選手を佐賀駅まで迎えに行った。この時も一緒にラーメンを食べて帰ってきた。

しかし、これらは特別なことではないと思う。「親身」である以上は、当然の行動だ。どこの学校でも、当たり前に行われていることなのではないだろうか。

豊田とパフェを食べた時も、佐賀でラーメンを食べた時も、当然選手とふたりきりになる。そこには、学校やグラウンドではまず成立しない空間が生まれる。そういう場で、普段はなかなかできない情報交換をしていくのだ。チームの状況を聞いたり「何か困っていることはないか?」と探りを入れたりする。それらは普段から心がけているわけではなく、いずれもたまたまそういうケースが生まれただけなのだが、私にとってはとても貴重な経験になった。

「気まずくはないか?」と聞かれることもあるが、そんなことはない。選手と向かい合って食事をしている時は、いたって普通のトーンで喋っている。私は普段から選手との会話を意図的に設けているため、選手が私と話をすることに、なんら抵抗はないのではないかと感じている。

今の長崎日大では、選手が私に対していろいろと主張をぶつけてくることもあるし、私たちが彼らに言いたいことを言うケースもある。そういった相互の関係が、少しずつ成立するようになってきた。まだまだ私が理想とするレベルにまでは達していないが「そういう関係性を持ったチームになろう」ということは、常に言い続けている。

イーブンでフェアな関係を目指そうと言っているのだから、選手の間に誤解を招くような指導があった時には、責任者の私が素直に頭を下げることもある。組織の中で何か問題が起これば、責任者が「監督不行き届き」で謝罪するのは当たり前のことだ。そういった大人の世界の仕組みを指導していくためにも、互いにしっかりした関係性を築いておかなければならない。

「野球とは、家に帰ってくるスポーツ」卒業生が帰る場所を作りたい

大学を卒業した私が、初めてグラウンドに戻ってきた時に味わった絶望感を、決して忘れることはないだろう。チームは1998年からの3連覇があり、5年間で春夏5回の甲子園に行くほど強かったが、チームの風紀は乱れきっていた。レギュラーと控え組との温度差が大きく〝あいつら、早く負ければいいのに〟といった空気もなかったわけ

ではない。それに、結果を残してさえいればそれだけでいいというものでもない。そこを勘違いしたままの野球部だったのだ。

高校野球をやっている以上は、勝負の厳しさにも直面するし、甲子園というものの偉大さを誰もが痛感するものである。しかし、甲子園に行ったことで変な方向に進んでしまい〝なんだ、コイツら！〟と思われては元も子もない。たしかに、私たちの世代は甲子園には届かなかったが、結果を残している後輩たちと比較した時に、果たしてどちらが成功したと言えるのかなと感じたのだ。

そうは言っても、ここは私の母校だ。〝長崎日大はいろんな人から愛される学校であり続けてほしい〟という思いは、誰よりも強かったかもしれない。そして、数多くの選択肢の中から長崎日大を選んでくれた子供たちには〝長崎日大の野球部に来てよかった〟と思って卒業していってほしい。そのためにも、私が関われる部分はすべて全力で関わっていきたいと思ったのだ。だから指導者1年目に、控え部員から「先生が来てくれてよかった」という言葉を卒業前にもらった時には、心の底から嬉しかった。

子供たちが卒業生として誇りを持てる長崎日大であれば、彼らは自ずと母校に帰ってくるようになる。ＯＢが母校のグラウンドに帰ってくるというのは、指導者にとっては大きな勲章と言っていい。かつての教え子が帰省の際に顔を出してくれることが、私には一番の喜びだ。転勤のある公立校とは違って、それが私学のいいところだと思う。

公立の場合は年数が経てば経つほど、母校であってもそこに恩師がいないことがほとんどだ。だから私は、中学生の募集の時には「帰ってくる場所があるのは強みですよ。僕らはいつもいますから」とメッセージを送るようにし、卒業式では生徒に「何かあったら、いつでも帰っておいで」と伝えるのだ。

逆に私たち現場の人間は、彼らが嬉々として戻ってきやすい環境を常に整えておく責任がある。母校のグラウンドとは、自分たちが厳しい練習に耐えて頑張ってきた場所だ。たとえ苦しいことがあったとしても、目の前で頑張っている後輩たちを見たら、何かを思い出して〝もう少し頑張ってみよう〟と思うきっかけにもなるだろう。

現役生には「卒業生が来た時には、いつも安心してもらえるようにグラウンド整備だけはちゃんとやろう」と伝えている。以前は練習中に怠慢なプレーが見られると「お前はこのグラウンドの土で顔を洗え！」と言ったこともあった。それは〝お前のプレーは、過去に多くの先輩方が頑張ってきたグラウンドに対して失礼だ〟ということを伝えたかったからだ。それぐらい、卒業生が帰ってきた時には、胸を張ってグラウンドを見せられる状態にしておかないといけないのである。

――野球とは、家に帰ってくるスポーツだ。

「いろんなベースを経由しながら、最後はホーム（家）ベースに帰ってくる。だから、ホームベースだけは5角形の家の形をしている。人生も同じで、いろんなベース（出来事）を乗り越えたうえで、ホームに帰ってきた時に初めて得点が刻まれるのである」

大学時代の鈴木監督からいただいた言葉を、私は事あるごとに選手たちに言って聞かせている。

チームカラーは最高学年の色
キャプテンとマネジャーの存在

チームカラーとは、監督が出す色のことを指すのではない。私はいつも「チームの色は最高学年の色。俺が決める色ではない」と選手たちに言っている。チームカラーは、最終学年が打ち出す色（方針）に他ならないのだ。私が主導するチームの決まり事は徹底させなければならないが、色は最高学年が作っていかなければいけない。だから、色が毎年のように変化する長崎日大には、創成館の「守り勝つ野球」、海星の「スケール野球」といった代名詞が生まれにくいのだと思う。

その色を打ち出していくうえで、やはり中心にいるべき存在はキャプテンである。長崎日大では選手間でキャプテンを決め、それを監督に報告するという形を取っている。私たちが選手からの提案を突き返すことは、まずない。

私自身が高校時代にキャプテンを務めていたこともあり、以前は〝強烈なキャプテンシーを発揮しながら、いろんな面でチームを引っ張っていってほしい〟という期待もあった。しかし、近年はそんな思いに変化が生じてきている。キャプテンシーにも、それぞれの個性があるのだ。

２０２４年のキャプテンを務めた加藤太陽は口数が少なく、プレーで引っ張るタイプのキャプテンだった。２度目のセンバツに行った２０２３年の平尾大和は少々やんちゃで、なんでも自分が先頭に立ってガンガン引っ張っていくスタイルだった。このように、選手にも色の違いがあるので、今は各自の「個」を尊重している。

また、キャプテンと並ぶ重要ポストに「マネジャー職」がある。女子部員のいない長崎日大のマネジャーは、当然ながら男子部員が務めている。決め方はキャプテンと同じように選手間の話し合いで人選し、最終的に監督がそれを承認する。

マネジャーは練習メニューを全員に伝え、練習の仕切りも行う。彼らも最初は戸惑いの連続だが「お前がチームを回しているんだぞ」と言い続け、全体をコントロールできるように教育していくのだ。伝達能力や指導者とのコミュニケーション能力が求められるだけでなく、チームメイトに対しても言いたいことを言える厳しさがなければ務まらない、非常に重要なポジションである。

言うまでもなく、マネジャーになるということは、選手を引退するということだ。だからマネジャーの選定は、非常にデリケートな問題でもある。選手の提案と私たちの考えとの間に、ズレが生じる時もある。それでも最後は、彼らの意見を尊重しなければならない。彼らは生半可な気持ちではなく、本気で話し合った末にマネジャーを決めたのだ。マネジャーを選ぶ側は、ひとりの選手に「選手を諦めてほしい」と伝えなければならず、マネジャーに選ばれた者は野球選手としての引退を受け入れなければならない。選手としてまだまだ挑戦したいのなら、それを本気で伝えてもいい。お互い本音を擦り合わせた中で、最終的に結論を出してほしい。

2022年のセンバツに行った代は、内野手出身の緒方伊吹がマネジャーを務めてくれた。当時は、選手たちみんなが「緒方を甲子園に連れて行くぞ!」と声を挙げ、これが合言葉になってチームをひとつにまとめてくれた。

しかし、ここ数年はマネジャーがなかなか決まらなくなってきた。子供たちの中に〝選手として一緒に頑張っていきたい〟という思いが強くなっているのだろうか。もしかすると、このスタイルで人選することに限界が来ているのかもしれない。「それなら新しい選び方を、お前たちで考えてきてくれ」と、私はそこでも生徒の思考力を信じ、すべてを委ねている。

世の中とは残酷なもので、辛いことの方が多いかもしれない。また、自分の思い通りに事が進まず、時には自己犠牲を受け入れなければならない時もあるだろう。長崎日大の歴代マネジャーを見てみると、求心力が高い者が多く、卒業後も立派な大人になってくれている。夏前になると「先生、何か足りないものはありませんか？」と言って、ボールを送ってきてくれるのは、マネジャー出身者が多い。マネジャー制は金城先生の時代に始まったシステムだが、そうやって世の中の残酷さを高校時代に経験させることも、人間教育上において必要なことなのかもしれない。

監督自ら味噌汁を振る舞う理由

休日や冬期休暇などの練習では、妻の協力のもと私が昼食時の味噌汁を作っている。

これも、金城先生が行っていた取り組みを継承している部分だ。一番の理由は、保護者の方の経済的負担を減らすことにある。ただでさえ保護者の方には、日頃から負担を強いている。チーム作りをするうえで、これ以上みなさんには〝お金がかかる〟というマイナスイメージを抱いてほしくない。現在は、毎月2000円の栄養費を徴収させていただいており、その中でできることを私がやらせてもらっている。

いわゆる食トレに関しても、長崎日大は専門家を招いての指導は行っていない。もちろん、ここでも経済的負担を軽くしたいという思いがある。栄養についての指導は「練習をした分の栄養は摂取しなければいけない」といった話をする程度で、あくまで私たち指導者の知識の中から伝えていくというやり方だ。かつては管理栄養士に講演をしていただいたこともあったが、その後はすべて〝自前〟で行うようになった。平日の補食に関しても、全体の練習時間が2時間半しかないため、練習後にゆで卵を食べさせるといった程度である。

味噌汁を作っているのも〝寒い時には温かいものが欲しくなる〟という単純な理由からだ。白菜や大根は妻が切ってくれているが、妻に時間がない時には私がグラウンドで肉や野菜を切っている。具材については「油揚げ、ワカメ、とき卵のどれがいい？」などと選手たちのリクエストを聞くこともあるが、だいたいは私の気分で決まることの方が多い。

家ではまったく料理もしないし、学生時代にちゃんこ番をやっていたわけでもない。料理に関してはズブの素人だが、作ってみると案外楽しいもので、いろいろ凝ってみたくもなるから面白い。もちろん、食材の買い出しも私の役目だ。

現在は学年ごとに一塁側・三塁側ベンチに分かれて昼食を取っているが、以前はベンチ裏に人工芝を敷いて学年関係なくみんなで楽しそうに食べていた。

ちなみに、金城先生の時代は昼食前に「何分から練習再開」と伝えていたが、現在は「そんなことは自分たちで考えろ」と言って、キャプテンの判断に任せてある。おそらく私の知らないところでは「おい、もう少し休もうぜ」と言ってキャプテンの袖を引く選手もいるのではないか。そんな声に後ろ髪を引かれながらも、心を鬼にしてグラウンドに出ていくキャプテン。そんな野球部ならではの攻防が、きっとベンチの中では繰り広げられているのだろう。

選手の体作りやモチベーション、家庭の経済的負担を考え、
監督自らがキッチンに立って味噌汁を作り、選手たちに振る舞う

ＬＩＮＥの便利な使い方と、選手たちへのバースデーコール

最近は未成年によるスマホの使い方、とりわけＳＮＳの間違った使い方が社会問題となっている。私自身も、スマホに関してはいろんな考えがある。もちろん、回収することが一番簡単な解決方法だと思うが、自然災害や事故といったあらゆる危険は、いつでも自分の身に降りかかってくる可能性がある。大学に行けば、嫌でもスマホと付き合っていかなければならない。もはやスマホのない世の中など、とても考えられない時代なのだ。それなら社会への入り口にあたる高校時代に、正しい使い方を教えておくことも肝要ではないか。

以前は寮でスマホを預かっていた。しかし、それをやってしまうと野球を引退した３年生たちが、軒並みスマホ依存症のようになってしまうのだ。寮の先生から「ちょっと３年生がだらしなさすぎるよ」という声をいただくこともあった。

これは少々無責任にも聞こえるかもしれないが、私は自分たちで自制する力を付けて

いくことが理想だと考えている。スマホの使い方は、自分たちで決めさせる。それが守れるか、守れないかはチーム力次第なのだ。そこに組織の成熟度が表れるということを、私は選手たちに気づいてもらえるよう、常に言い続けている。

しかし、その時々の寮長の統率力の違いによって、しっかりマナーが守られている時もあれば、逆に〝緩くなったな〟と感じる時もある。ただ、それはそれで〝自分のチームの姿〟として受け止め、正しく指導していかなければと思うしかない。

それにしても、スマホとは便利なアイテムだなとつくづく思う。とくにＬＩＮＥのようなＳＮＳは使い勝手もいい。現在はほとんどの部員とＬＩＮＥでつながっている。私から、マネジャーやキャプテンを通じて業務連絡を流す時もＬＩＮＥを利用しているし、ピッチャーだけのグループＬＩＮＥも作っている。新聞のネット記事など〝これはいいな〟と思えば全員と共有できるし、トレーニングの様子をシェアすることも可能だ。

試合関連のものは、個人ＬＩＮＥでやり取りを行う。今の子供たちはノートに書くより、スマホで長文を打つ方が苦にならないらしい。反省を書いてくる選手がいれば、それにコメントを返してあげる。要は野球ノートである。昔なら大量の野球ノートを持ち歩かなければならなかったが、今はスマホひとつあれば事は足りる。簡単に持ち運べるので、どこにいても手軽に読み返すことができるし「既読」通知によって、メッセージが行き渡っているかどうかの確認も簡単にできる。

また、私は選手の誕生日に極力「バースデーコール」をするようにしている。電話ができなければ、ＬＩＮＥでメッセージを送っている。ＬＩＮＥは毎朝「今日は誰々の誕生日です」と通知してくれるので大助かりだ。選手への〝直電〟は近況を確認する目的もあるが、素直に「おめでとう」と祝福を伝えることが一番だ。

逆に私の誕生日が来れば、選手たちが私を祝ってくれる。２０２４年8月は遠征中だったので、彼らがコンビニでショートケーキと日焼け止めクリーム、栄養ドリンクを買ってきてくれて、私にプレゼントしてくれた。これは率直に嬉しい。そして、8月8日生まれの私は「来年の誕生日は、やっぱり甲子園で迎えたいな」と冗談を言ってみんなと笑い合うのだ。

アットホームな寮で他の運動部と共同生活

現在、長崎日大の野球部員は、半数以上が寮生である。寮はサッカー部や陸上部といった他の運動部や一般生とも共用で、キャパも限られている。だから、家から通える場合は電車通学、自転車通学をしてもらうことになる。

寮費は土日を含めた3食付きで月6万1000円。一度入寮したら途中退寮できないため、卒業までは寮で生活しなければならない。

長崎日大の寮がいいなと思うのは、野球部だけの寮ではないということだ。私は大学時代に途中で退寮した経験がある。学校でもグラウンドでも、そのうえ寮でも野球部員としか接しない人もいたが、私はそれがプラスにはならないと思ったのだ。せっかくの学生生活だ。いろんな人たちとの関わりや、交流を深める方がいいのではないだろうか。

そういう意味でも、いろんな部活動の生徒と接することができる寮は、本当にありがたい。各部とも活動時間が異なるため、部屋は野球部の生徒だけで固められてはいるが、食事は他の部活の生徒と一緒に食堂で取る。

そこには、食後にウエートをやっているサッカー部員もいる。そういう姿を見て刺激をもらえたなら、高校生にとっては明らかに健全なことだろう。「大会に勝った、負けた」という会話をしながら刺激し合うのも、絶対に悪いことではない。長崎日大は各部の指導者が若返ったこともあり、みんながそれぞれの部活を応援している雰囲気があるのもいい。

また1・2年生のうちは、寮の中で学習時間も設けられている。洗濯や入浴の順番などで、昔みたいな理不尽な先輩後輩の関係もない。消灯の時間も他の生徒と一緒で23時だ。学校側も「アットホームな寮にしたい」と言っているので、寮の中で息苦しさを感じることはないだろう。

私は「寮の中のルールを決めてくれ」と言って、彼らが決めた約束事を提出してもらい、寮長にも時々「ちゃんとやっているか？」とチェックしている。しかし、スマホと同じで、私がギラリと目を光らせて監視しているわけではない。良いか悪いかは別として、子供たちに委ねるところと、大人が管理しなければいけない部分のバランスを大事にしているのである。

自主性を磨く「フリーの日」

ここまで説明してきたように、私が監督になってから取り組んだのが、指導者と選手間双方のコミュニケーションを密にすることだった。私は監督として初めて夏の大会に臨むにあたり「俺はお前たちを信用して送り出したい。これからは自分たちの力で打開していく自立心を持ってほしい」と、選手たちに伝えた。集大成の夏に選手を信用して試合に送り出すためにも、自分たちで考え、行動できる人間に育てたいと思ったからだ。そういうチームや人間を作っていくための手段のひとつとして、新しく設けたのが「フリー制」である。

現在は月曜日を休みにしている野球部も多いようだが、長崎日大では必ずしもオフとは限らない。休日は月に数日設定して月始めに告知しているが、自主練をしてもいいし、勉強をしてもいい。放課後をどう使おうが、個人の自由。つまり「フリー」なのだ。

きっかけは、それまで徹底的に管理されていた状態から、子供たちを解放してあげたいという思いからだった。「何もかも自分たちで考えられない状況は面白くないだろう」と言って、彼らの自主性を伸ばしていこうと考えたのである。

たとえば月曜日を休みと言い切ってしまうと、どうしてもダラけた空気が漂ってしまう怖さがある。体を休めるといっても、完全に休養に充てるのか。ストレッチをやって、少しでも汗をかいて終わった方がいいのか。時には30分間走とストレッチでひと汗かかせて、終わらせることもある。そういう休日の過ごし方もあるということを、初期段階では教えていった。

そういう意味でも「フリー」は使い勝手のいい言葉だと思う。このフリーというネーミングは、かつて宇和島東、済美で甲子園を制した故・上甲正典監督のアイデアをいただいたものだ。上甲監督は練習メニューにオリジナルのネーミングをしていたらしい。「オフ」と「フリー」。その言い方ひとつで、それぞれの捉え方、感じ方がまったく別のものになるのだから面白い。

そもそもフリーなのだから、本当に好きに過ごして構わない。しかし、最初の頃はフリーの意味を完全に理解しない選手も多かった。彼らが学校近くのファーストフード店に入っていくところを、私がたまたま見かけたりすると、決まってバツの悪そうな顔をしていたものだ。しかし「別にいいじゃないか。君たちに任せているんだから。高校生なんだから、ハンバーガーのひとつでも食べたい時もあるだろう。こっちは君たちに委ねているんだ。リフレッシュのためにファーストフードに行くのもいいじゃないか」と言って、フリーの意義を彼らにこんこんと説明し続けた。こちらとしても「そこは好きに使っていいよ」と言っているのだから、とにかく最適な時間の使い方を自分で見つけ、判断してほしいのだ。

自分たちで自己判断できるレベルまで来れば、試合になっても強さを発揮できるだろう。近年の選手たちは、自由時間の使い方が上手くなってきた。フリー制度が成熟してきたことも、結果が出ている一因なのかもしれない。

怒る時は本気で怒る

初対面の人にも「優しい」と言われてしまう私だが、一方で「部長時代は怖かった」と言われることもある。たしかに当時は陣頭に立って選手にやらせなければならない立場だったので、妥協を許さず厳しくやっていたかもしれない。

とくに私はグラブを地面に着けて捕球することに強いこだわりがあったので、グラブの位置やグラブを出すタイミングについては、かなり厳しく徹底させていた。少しでもグラブが上がったら「ウチの野球部が一番こだわってやっていることなのに、どうしてそうなるんだ⁉」と、ずいぶんガミガミやっていたのではないかと思う。

もちろん、今でも当たり前のことを当たり前にやらない選手には、容赦なく雷を落とす。カバーリングで走らない選手や、グラウンド内でのチームの決まり事が守れない選手を、みすみす見逃すことはない。中でも私がもっとも嫌う行動は、ネガティブな態度を取ることである。エラーをした時、打てなかった時に後ろ向きな態度を取ったら、たちまちスイッチが入ってしまうのだ。

昨年の秋も、試合で途中交代したキャプテンがベンチで落ち込んでいるのを見て「本当にガッカリだ。いつも試合に出られない仲間たちがこれだけ腐らず、普段から一生懸命練習しているんだぞ。それなのに、キャプテンのお前がちょっと打てなかったぐらいで、どうしてそんな態度が取れるんだ！」と叱りつけている。このように、チームを負けに導きかねない言動だったり、チームにとってマイナスにしかならないと思われたりする振る舞いを、絶対に見過ごすことはない。

怒る時は、気を遣うことなく怒ろうと思っている。こちらとしては、意味もなく怒っているわけではなく、怒らなければいけない理由があるから怒っているのだ。ただし、フォローできる部分は残しておく必要があるだろう。たとえ、その日のうちでなくてもいい。日を置いてでも、私は声を掛けるようにしている。その役目を他のスタッフがやってくれれば楽なのだが、やはり怒った本人が最後までフォローするのが当然のことだと思う。

試合中も〝2回もバントを失敗して！〟という気持ちを抑えながら「しっかりしろ！」とは言うが、プレーの失敗を叱りつけると選手が萎縮して、成功するものもしなくなってしまう。部長の時は、金城先生が試合中にそういう叱り方をする監督さんではなかったので、私の方がガンガン言っていたと思う。逆に「平山先生、ここは抑えて」と、金城先生がなだめてくれたこともあった。

そういった監督としての振る舞い方も、私は金城先生からずいぶん学ばせていただいた。以前に指導をお願いしていたメンタルトレーナーの方からも「平山先生、試合前に怒ってもあまり意味はないよ」と言われたため、そのあたりは本当に気を付けるようにしている。

選手が課題をクリアした時には「お、できるようになったじゃないか！」と声掛けしてあげれば、彼らは素直に喜び、さらに良くなろうとしてくれるものだ。そもそも私が的野先生に認められたいと思って日々戦っていたので、監督に認めてもらった時の嬉しさは誰よりも理解しているつもりだ。

だから、指導者から与えられた課題を選手が克服した時には、間髪入れずに褒めてあげる。それが、個を認めてあげるということにつながるのだと思う。また、的野先生から「中心選手が活躍しなければ勝てない」と言われ続けてきたこともあり、やはりチームの中枢にいる選手への評価は、やや厳しくなっているかもしれない。

そうは言っても、まわりは「平山は優しすぎる」と思っているのだろう。しかし、あの的野先生ですら、夏の大会が終わって「あの子を使いきらんやった。あの3年生を使うべきやった」と後悔することがあった。あれだけ勝負に執着していた方ですら、そんな後悔の言葉を口にするのだ。いくら「勝負の世界に情を挟んでいるようでは勝てない」と言われたところで、やはり情を完全に断ち切ることなど無理なのではないか。

選手に対しては飾っていないつもりだが、実際に彼らにはどう映っているのだろうか。私の指導を、どう受け取っているのだろうか。まだまだありのままの自分を見せられていないと感じる部分も少なくはない。そんなもどかしさを常に感じながら、私は毎日グラウンドに立っている。

第四章

長崎日大のチーム作り

長崎日大ここにあり
常勝軍団を目指すグラウンド

根底にあるのは恩師から継承した「勝負師の魂」

私が考えるチーム作りについての話を、さらに進めていきたい。グラウンド外の人間教育を中心にまとめた前章に対して、ここでは主にグラウンド内でのこと、ユニフォームを着ている間に行う指導に関する考えを、私なりにまとめていこうと思う。

ここまで何度も述べてきたように、私は的野和男監督のもとで高校3年間を過ごした。中学時代の初対面時に受けた衝撃がきっかけで、的野先生は私にとって生涯の師となった。したがって、形は変わっても私が的野先生の指導を踏襲している部分は多い。

私の手元には、高校時代に的野先生と交わした野球ノートが何冊も残っている。この「的野ノート」は、私自身の財産と言っていい。私が疑問に感じたことを的野先生に投げかけていくのだが、その回答がじつにきめ細かくて、今でも読み返して唸ってしまうことがあるのだ。ここでは的野先生から指摘を受けたことの一部を紹介しよう。

「コントロールはどうすれば身に付くのか。オフシーズンとは違って、今はシーズンたけなわだが、投げ込みをさせなければコントロールは付かない」

「相手の攻撃の出方を見る余裕が、捕手・平山にはない。ボールから入ったり、牽制を入れたりしながら、打者の構え、グリップや足の位置に隠れた弱点を見いだせ」

「ノートに書いた技術や知識を練習やゲームで使った時に、初めて〝インサイド・ベースボール〟となる。それが配球の役目だ」

「バッティングが良くなれば、スローイングも良くなる。今は上体だけで打ち、上体だけで投げている」


そして、的野先生はとにかく勝負師だった。勝負勘の鋭さは言うまでもなく、相手との駆け引きでもあらゆる術を持っていた。とくにスクイズ外しに関しては、ほぼ百発百中と言っていいほど的中させていた。ノートを通じて的野先生にその秘訣を聞いたことがある。その答えは「スクイズ外しは、ボールカウントなどいろんな状況を見て判断するが、最終的な決め手となるのは相手の目だ」というものだった。よほどの観察眼と経験、自信がなければ成しえない芸当だ。

また、私がベンチ外だった高校1年夏の準決勝は、相手が九州大会でも優勝していた佐世保実だった。当然、その夏も優勝候補の筆頭である。的野先生は、この試合で勝負手を打った。それまでほとんど投げたことがない3年生の左ピッチャーを、先発に起用したのだ。相手に左バッターが多かったこともあるのだろうが「お前ら、この3人を抑えてこい」と言って、大事な試合に〝隠し玉〟をぶつけたのである。

もちろん、相手に悟られないような手も打っている。当時は今のように前試合の途中にオーダー交換を行っていなかったため、相手の先発ピッチャーはギリギリまでわからなかった。だから的野先生は、試合前のベンチ前でピッチャーにはいっさいキャッチボールをさせず、球場外のブルペンで準備させたのである。その試合に先発した先輩は、見事に3イニングを投げ切って試合のリズムを作り、試合も長崎日大が勝利した。

〝こういう野球があるのか。高校野球とは、こんなにも奥が深いのか〟と、あらためて思い知らされた出来事でもあった。私自身がそういう野球を間近で見てきたので、バッテリーが試合前に外でキャッチボールをする姿が気になって仕方がない。的野先生なら「試合前から相手に情報を与えるなんて、どういうつもりだ！」、「キャッチボールはバッテリーでやるな。ピッチャー同士でやれ！」と叱りつけているだろう。

そういうこともあって、私は2024年にダブルエースとして頑張ってくれた西尾海純と三丸悠成には「キャッチボールは外野手用のグラブでやりなさい。そこまで気を遣わないとダメだぞ」と言っていた。

現在のように、5回終了時にオーダー交換をしている以上は、先発ピッチャーを隠し通せるわけがないことぐらい、私にもわかっている。しかし、たとえ無駄だとわかっていても、わざわざ相手にアドバンテージを与えるような行動は慎むべきだ。もちろんこれは、先発ピッチャーを隠す行動に限ったことではない。今でも私が「最後まで相手をかく乱するように仕向けていくことも、勝負の世界では大事なんだ」と選手たちに伝えているのは、的野先生の野球観が私の中に息づいているからだと思う。

最初にグラウンドに来て、最後にグラウンドを去る

一番にグラウンドに行き、選手たちがグラウンドに入ってくる様子を観察する。それは私にとって、大事な日課のひとつである。これも「グラウンドに入ってくる生徒の表情や姿を見ていれば、その日のやる気や状態が見て取れるんだ」という、的野先生の教えに基づいたものだ。だから私は、学校の仕事が終わったら、急いでグラウンドに向か

う。今ではそれがルーティンとなっている。

グラウンドに出てくる選手たちの様子を見ていると、本当にいろいろなものが見えてくる。いつも上級生から入ってくる年や、いかなる時もマネジャーが一番に入ってくる年もある。意欲と意識の高い上級生がいる年は「少しでも練習時間を確保しようぜ！」と言わんばかりに集合も早いし、チーム内の雰囲気も活気に満ちていることが多い。

また、グラウンドインを観察していると、選手の状態だけではなくチームの風紀も感じることができる。彼らは何気なくグラウンドに入ってきているのかもしれないが、その時の選手たちは指導者に取り繕うわけではなく、あくまで自然体なのだ。彼らの正直な気持ちが表れる瞬間だけに、その人間性が面白いように見て取れるのである。

挨拶をする時に私の方を見て「こんにちは！」と言って行く者と、挨拶をしながらすぐにどこか遠くを見る者、ちょっと遠目から挨拶する者、近目から挨拶する者と様々だ。中には〝今日は自分のことを見てくださいね！〟というアピールをしてくる者もいる。

その後、ベンチから出てきた選手たちが最初に何をするか。ベンチの後ろでゆっくりしている者もいれば、真っ先にベースを出す者もいる。だからグラウンドインの時間とグラウンド整備の時間は、チーム状況を判断する大きな基準となるのだ。

一方、私は誰かひとりでもグラウンドに残って自主練習をしているのなら、よほどの用事がない限り、最後まで残って見届けるようにしている。もちろんレギュラー、控えは関係ない。それが監督である私の最大の務めだと思っている。これは監督になって以降、ずっと続けていることだ。〝本当に君たちのことを見ているよ。すべてを平等に見ているよ〟という私の思いを体現し、伝えようとしているのだ。

若いコーチもいるが、昨今は勤務時間の問題などいろいろあるので、それなら私だけが最後まで残って見ていればいい。それがもっとも自然な形だと思う。そこではただ練習を見ているだけの時もあるし、自分の足でグラウンドを点検するために歩き回っていることもある。もちろんティーを上げてあげたり、ノックを打ってあげたりすることも少なくはない。

感じたことがあれば、直接選手たちに声掛けするのは当然のことだ。そもそも居残りで自主練をしている選手は、何かしら悩んでいる場合が多い。だからそこに寄り添ってあげることが、その選手へのフォローにもなるだろう。居残りに付き添っている時間は、通常の練習では行き届かないことが、しっかりと行き届く貴重な空間でもあるのだ。

勝負運と経験を備えた、長崎日大スタッフの顔ぶれ

現在、長崎日大は私を含めた常駐4人のスタッフに、トレーニングコーチを加えた計5人で指導にあたっている。

部長の山内徹也先生は長崎日大の後輩で、高校時代は捕手、内野手として4度の甲子園を経験している。3年夏には8強入りし、高校日本代表にも選ばれるほどの選手だった。青学大3年秋には東都リーグで首位打者に輝き、神宮大会でも4強入り。社会人の東京ガスでもプレーした。その後、2016年から鎮西学院で副部長、部長を経験し、2021年から長崎日大で部長を務めてもらっている。

副部長の松野匡先生は、2022年からスタッフに加わった私の教え子で、国公立の大分大を卒業した数学科教諭だ。長崎日大中学の教員で、中学ではクラス担任とテニス部の顧問も務めているため、野球部の指導は土日が中心となる。同じく副部長の鶴田将威先生も私の教え子で、現在は非常勤講師として体育の授業を受け持ち、寮監も担当す

る。野手中心でヘッド格の山内先生が主にAチームを担当し、松野先生と鶴田先生がBチームを受け持つ。私は両方を統制しながらバッテリー中心の指導にあたっている。

トレーニングコーチの繁井孝之さんは、月1回のペースでわざわざ福岡県の北九州市から来ていただいている。現在、社会人野球のHonda熊本で専属トレーナーを務めておられる方で、九州共立大などでも指導されている。長崎日大で行っている朝練やアップのメニューは、繁井さんに立ててもらったものばかりだ。

やはり高校時代に4度の甲子園を経験し、大学や社会人でもバリバリやってきた山内先生の存在はチームにとって非常に大きい。現役時代にスーパースターだった人の多くは、頭ごなしの指導になりがちだが、山内先生はあれだけのキャリアがありながらそういった部分がない。広く俯瞰して全体を見てくれるし、選手ひとりひとりに対して真摯に正面から向き合ってくれる。彼が野手全般を見てくれているおかげで、私も安心してブルペンでの指導に専念できるのだ。

私と山内先生は、高校ではちょうど入れ替わりの世代になる。それもプラスに働いているのかもしれない。1年間でも野球部で同じ時間を過ごしていれば、先輩と後輩の関係の中でやりづらさもあっただろう。しかし、どこの野球部を探しても、現役時代に4度の甲子園を経験した指導者は、そうそう見つかるものではないはずだ。実際に彼を呼び戻したあとに、長崎日大は2年連続で甲子園に行くことができた。そういった彼が持っている勝ち運にも、私は大いに助けられている。

一任しても、丸投げはするな

私には、的野先生に対する後悔が残っている。的野先生は3年間続けて甲子園を逃した2006年に、監督を交代されている。あの間、私が恩師と教え子ではなく、同じ指導者という立場でいろいろと言葉を交わすべきだった。私の考えを、もっと言うべきだった。その後悔の思いを、今のスタッフとの関係にも活かしたい。だから彼らには「思ったことは、遠慮なく言ってくれ」と伝えている。

私は山内先生をはじめ、スタッフのことを信頼している。しかし、トップの私と彼らスタッフとのバランスを含め、組織作りの難しさを痛感しているのも正直なところだ。

以前、部長だった私が金城先生から陣頭での指導を任された時に、良い結果が出たことがあった。その時に私は、上からの指示で事細かくやらされている間は、下の者が考えることをしなくなると感じたのだ。監督の指示通りに動き、自分ができる練習を制限されている時は、なかなかうまく行かない部分もあった。しかし、いったん任されれば、当然コーチ陣のモチベーションは増す。そういう経験もあったから、コーチを動かす時には監督の考えや方針を示したうえで「責任を持たせること」を心がけるようになった。

2024年シーズンは、バッティング指導に関しては山内先生にほとんど任せた。これは私が監督になって、初の試みである。その間も、私の方から「あの子、良くなってきたね」とか「今のままだと、ちょっと厳しいんじゃない？」といった感想は伝えたが、ほとんどのことは山内先生に一任していた。

高校時代に4度も甲子園に行ってジャパンでもプレーし、青学~東京ガスというピカイチの経歴を持っているだけに、山内先生には独特の感性がある。ただ、それがうまく選手に伝わらないこともあるだろう。これは、山内先生に限った話ではない。指導者の教えが合う者、合わない者がいるのは当然のことだ。

今にして思えば、私が山内先生の感性をよりわかりやすく嚙み砕き、選手たちに伝えてあげるべきだったのかな、と思う部分もある。理解できていない選手には、私が救いの手を差し伸べてあげるべきだったのかもしれない。結局、2024年夏は勝てなかったので、現在は私も口を出すようになった。もちろん山内先生が行っている指導を最大限に尊重しているが、監督として言うところは言うべきだなと、あらためて思ったのだ。

チームという組織の中でスタッフに役割を持たせること、責任感を持たせることは良いことだ。ただし、丸投げしてはいけない。監督という権限を持っている以上、いろんなところに関わるべきであり、すべての責任を負わなければならない。しかし、そこの関わり方をどうすればいいのかが、今の私にとって最大の悩みどころであり、課題だと自覚している。

チームとは組織なので、ちゃんとスクラムを組まないと勝てないのは百も承知だ。ただ、スクラムを組むためにもスタッフのモチベーションを上げなければいけない。そのためには何が一番有効かといえば、やはり責任感を持たせることだろう。すでに述べたように、指示に従っているだけでは考えなくなる。

一方で、責任を持たせているからこそ、どこまで踏み入っていいのかが難しい。技術論でも、どこまで口を挟んでいいのか。何より選手が迷わないようなアプローチの仕方を、私たちスタッフはこれからもコミュニケーションを密にし、考え続けていくことになるだろう。

ただ、これだけはスタッフ全員の共通認識として持っておきたい。「指導者には根気が必要」ということだ。的野先生もコーチになったばかりの私に向かって「教えただけで満足するな。教えただけでは、教えたことにはならない。できるようになった時に、初めて教えたことになるんだ」と言い続けていた。

選手がわかってくれたと思っても、実際はわかっていないことがほとんどだ。わかっていないから、やらないし、できない。だから、わかってくれるまで言い続ける。指導し続ける。そこで根負けした時点で、指導者の負けだと的野先生は仰っていた。「根気強い指導」というスタンスは、これからも長崎日大のスタッフ全員で守っていきたい。

全選手に目が行き届くラン＆アップの時間を大切に

選手をAチームとBチームに振り分ける際には、完全に実力で決めている。例外は秋の大会が終わってからの1か月ほど。その時期は、一度チームをゼロに戻している状態でもある。1年生大会に備えて、1年生中心の練習になるからだ。

練習試合は主力（A）の選手たちが中心になってくるが、B戦で活躍した選手がいればAに上げ、本人にもチームにも刺激を与えるなどして全体を活性化していく。また、

1年生大会の中で目に付いた選手を、急遽Aチームに抜擢することもある。

練習もある程度はレギュラーメンバーが中心となるので、A・Bという括りの中で練習することになる。新チームのスタート時点に、全員のモチベーションを上げる目的で全員に同じ練習をさせることもあるが、もちろんA・Bに分けてやる時もある。

サブグラウンドを持たない長崎日大では、グラウンドの性質上、全員で同じ練習をしたくてもできない。同じ練習量を確保することは、物理的に不可能なのだ。A・B別の練習を行う場合は、レフトの奥にダイヤモンドを2面作って内野ノックを行う。または、塁間を3〜4つ作り、そこでボール回しを行うなど、限られたスペースで工夫しなければならない。

Aがシートノックやシートバッティングを始めると、Bはグラウンド内にある室内練習場でバッティング練習やウエートに取り組む。逆にAがウエートをやり、Bがグラウンドで練習するという時間も可能な限り設けるようにしているが、同じ練習量というわけにはいかないのが実情だ。

そういう練習環境なので、Bの選手たちはどうしても消化不良になりがちだ。監督の私は、Bチームが練習をしている室内に足を運ぶなどして、練習中の巡回を怠ってはいけないと肝に銘じている。Bの選手には担当コーチが付いていたとしても、やはり監督が見てあげないといけない。以前〝僕らは見てもらえていない〟と感じる者がいて、直接訴えてくるケースもあった。それは完全に、監督である私の力不足と認めざるを得ない。

Aチームを中心に見なければいけない時期もあるが、チーム全員で取り組んでいることはしっかり見てあげようと思っている。たとえば、ウォーミングアップだ。全員で行うランニングやアップは、全指導者の目で全野球部員を見ることのできる絶好の機会で、朝練も同様だ。そういう時にそばに付き、見て、声掛けを行うのである。

とにかく恵まれているとは言えない練習環境だけに、Bの選手にはストレスになっているかもしれない。そこは、本当に申し訳ないと思う。しかし、環境に文句を言っても仕方がない。与えられた環境の中で、できることを一生懸命やる。その意識は、A・Bに関係なく全選手に持ってもらいたい。

成功と失敗が背中合わせの「言葉の暗示」

監督となって以降、痛感していることがある。言葉の暗示はすごく大事だ、ということである。思い返してみると、2009年夏の甲子園で菊池雄星投手を擁する花巻東と対戦した際、金城先生が組み合わせ抽選会後のバスの中で「お前たち、ウチは左ピッチャーが得意だからな」と、全員に言ったことがあった。同年のセンバツ準優勝投手で、大会屈指の存在だった菊池投手を前に、長崎日大の劣勢が大方の予想を占める中、金城先生は選手たちに暗示をかけたのだ。

さらに金城先生は、高校の後輩にあたる九州共立大の仲里清監督（当時）にお願いして、左の大学生投手を派遣してもらうなどの手も打たれている。試合には敗れたものの、この言葉に乗せられた選手たちは大いに奮起し、菊池投手に3本塁打を浴びせて9安打5得点を挙げた。

沖縄で秋の九州大会が行われた2022年、私は自分自身に暗示をかけた。新チームがスタートした頃から、練習試合などであらゆる指導者の方々に「僕は絶対に沖縄の九州大会に行きます!」と公言したのだ。「沖縄出身の金城先生はいなくても、長崎日大はちゃんとやっているんだぞ」ということを、沖縄の人たちに見せつけたかったからである。

県大会の組み合わせが決まった時から、準決勝で対戦することになるであろう、大崎との試合を想定した。そして、選手たちには「(準決勝の試合が行われる)10月8日が、お前たちの人生を決めることになるぞ」と言い続けた。私たちが目論んだ通り、準決勝は大崎との対戦となった。そして、選手たちはそこへ向けて心身ともに万全の準備をしてくれて、5−1で快勝することができたのだった。

ただし、何でも言えばいいということではない。言葉掛けにも、タイミングや言葉のニュアンスというものがある。言葉の使い方をひとつでも間違えてしまえば、選手には大きな悪影響を与えることにもつながりかねない。ここ数年、秋はうまい具合に言葉で暗示をかけることができたのだが、夏の大会や甲子園になると私が「何年ぶりの勝利を」というフレーズを使いすぎてしまったがために、選手たちに余計なプレッシャーをかけていた部分があった。そこは大いに反省している。

監督1年目の夏、海星に敗れた準決勝ではこんなこともあった。その試合で、長崎日大の1番バッターがノーアウト一塁の場面で、ベンチのサインを見ずに初球を打った。結果的にはセンターライナーとなってしまうのだが、その選手に「お前、どうしたの⁉」と聞くと、軽いパニック症状を起こしてしまったのである。その時は「もういい。切り替えて頑張ろう」と言って送り出したのだが、これが勝敗を左右するひとつの伏線となってしまったのだ。

その後、試合はがっぷり四つで12回が終了。1－1のままタイブレークに突入する。13回表、私たちは相手の攻撃を計算通りに1点で抑えることができた。その裏、ノーアウト一・二塁で先頭の打席に立ったのは、例の1番バッターである。試合を決める大事な場面で、再び私のサインを見ずに打ってしまうと大変なことになる。そう思った私は「ここはバントだ。サインも出さないから、ここは確実に送って2点を取りに行こうな」と声を掛けた。私としては当然の行動だったつもりだが、私に声を掛けられた瞬間、その選手は硬くなってしまい、バントがフライアウトになってしまったのだ。

あの時、私が普通に円陣を組んで彼を送り出し、普通に送りバントのサインを出していたら、違う結果になっていたのではないか。いつもは「普段通りやれるチームが一番強いんだ」と言っている監督が、その大事な局面で普段通りのことをせず、プレッシャーになってしまうような言葉を掛けてしまったのである。結局、その回は無得点に終わり、試合にも敗れてしまった。私には、その時の後悔が今でも残っている。

選手はどんな形でも試合に出る方法を考えるべし

私は母親の反対を押し切って長崎日大に入学した以上、どれだけ苦しい思いをしてもベンチには絶対に入らなければならないと思っていた。〝何がなんでもベンチに入るんだ〟という思いは、大学に行っても私の支えになった。大学1年の新人戦は、1回戦の相手が百武のいる亜大だった。私は〝ヤバい。これでベンチ入りしていなかったら恥ずかしいぞ〟と思い、試合に出る、出ないに関係なく、なんとしてでもベンチに入ろうと考えたのだ。

そのためには、何かしらのインパクトを残さないといけない。そう考えた私は、すべての打球を右方向に打とうと思い立った。ただヒットを打っても印象には残らない。自分の特性を印象づけることもできないだろう。だから〝こいつは右方向に打てる〟というイメージを首脳陣に持ってもらおうと、ひたすら右打ちの練習をし続けた結果、新人戦にはなんとかベンチ入りすることができた。

3年になってAチームのベンチ入りを果たした頃には、ランナーが二塁の時は「セカンドゴロを打て」だとか「進塁打を打て」という指示がよく出た。当時のコーチから「お前、その右打ちをこいつに教えろ」と言われたこともある。そうやって、右打ちは私にとっての武器となった。当時、青学大のエース左腕だった石川雅規（ヤクルト）対策として、私の右打ちが有効なのではないかということで、一枚目の代打として期待されていたらしい。それを監督から聞かされた時には〝あぁ、やってきたことは間違いではなかったな〟と自信を持つことができた。そうやって何かひとつのことに特化した結果、私は戦力とみなされてベンチ入りができたのだ。

ブルペンキャッチャーとして、下の学年でも関係なくピッチャーの球を受けるという私の姿勢も、大きな武器になった。そんな心構えがあったから、結果的に多くのピッチャーから信頼を得られたと思っている。4年秋に突然ベンチに呼び戻していただけたのも、はっきり言ってそういう理由からだと思う。リーグ戦の試合前は、すべて私がブルペンで受けさせてもらった。やってきたことが認められたのだ。そういう成功体験が私の中にあるから「自分の色を出して、どんな形でもいいから試合に出られる方法を考えてほしい」と、選手には伝え続けていきたい。

また、選手には熱さを持って野球に臨んでもらいたい。たとえば野球はルール上、ベースコーチがコーチャーズボックスから出てはいけないことになっている。では、二塁ランナーを〝ワンヒット・ツーラン〟で本塁に還ってこさせたい時に、どれだけの熱量で二塁ランナーに声を掛ければ伝わるのか。だから、普段の練習中から「お前の声じゃ通じないよ」と言いながら、選手の熱量を上げることが大事だと思うのだ。

それを選手たちに言っても、なかなかピンとは来ないだろう。「熱はあります」、「ちゃんと伝えています」と言いながら、私から見れば熱量はまったく足りていない。日常生活の中で、誰かが車にはねられそうになった時には、大きな熱量を持って「危ない！」と叫ぶだろう。目の前にいる大事な人に危険が迫っていたら、熱を持って助けようとするはずだ。それと同じぐらいの感覚を、グラウンドの中では持ってもらいたい。熱量がなければ、伝わるものも伝わらないからだ。

甲子園の大監督たちに学ぶ「全国で勝つための力」

幸いなことに、私は２０２２、23年のセンバツで2度の甲子園指揮を経験することができた。近江、龍谷大平安という近畿を代表する強豪に競り負けてしまったが、長崎日大がこれから全国で勝っていくためのヒントは、数多く得ることができたと思っている。

龍谷大平安は、冬を頑張ってきた選手たちを代打攻勢で惜しみなく出してきた。そしてその代打に打たれて、長崎日大は逆転負けを喫してしまったのだ。

夏に向けたチームの成長過程の中で、龍谷大平安はそういうゲームができる。それも、甲子園という大舞台でだ。本当に強いチームには、そういう〝ゆとり〟があるのだろう。「頑張ってきた選手が打ってくれた」という原田監督のコメント通りで、試合中に〝流れを変えたい〟と思った時に、そういう選手たちにチャンスを与えると、チームの中に大きな効果をもたらすことがある。それを、あらためて確認できた試合だった。

また、甲子園の上位校はデータ分析能力が高い。龍谷大平安は私たちに勝ったあとに仙台育英と戦い、その試合で5盗塁を許している。その結果を見ながら、自分の情報収集量の甘さを思い知らされたのである。龍谷大平安の右ピッチャーが140キロを超えてくるという情報は、こちらとしても入手していた。しかし、それだけでは甘すぎるのだ。いろんな情報網を駆使してデータを収集することはもちろん、そのデータを活用できる力もなければいけない。その点においても、現状では上位チームとは差があると認めざるを得ない。

明徳義塾の馬淵史郎監督は、よく「秋は2番手だったピッチャーが、ひと冬を越えて良くなってきているみたいだ」と、メディアを利用して情報発信している。まさに百戦錬磨だ。「俺はそれだけ情報収集をきちっとやっているぞ」と言われているようで、経験の乏しい監督はたじろいでしまうだろう。

以前、日大の付属校研修会で、当時大垣日大監督の阪口慶三さんが講演をされたことがあった。甲子園で優勝1回、準優勝3回の名将・阪口さんは、冒頭でこう切り出した。

「遠路はるばる、全国各地から来ていただいて、本当にありがとうございます。私も命を賭けてみなさん方に話をしたいと思います。だから、私も戦闘服、勝負服を着ます」

阪口さんは着ているジャケットを脱ぎ、突然ユニフォームを着て喋り始め、話を聞いていた私たちを瞬時に自分の世界に引き込んでしまったのだ。その凄さをまざまざと見せつけられた私は〝なるほどな。こうやって子供たちも乗せられていくのか〟と、大きな感動を覚えたのだった。

亡くなった済美の上甲さんも、メンバー発表の時は「1番、誰々〜♪」と歌いながら背番号を渡していたと聞く。あの方は酒を飲まないのに、みんなを楽しませる話術にも凄まじい力があった。阪口さんや上甲さんだけでなく、名将と呼ばれる方は選手たちを取り込んでいく演出力の高さを持っている。

このように、多くの策と大きな執念を持ち、まわりの人たちをその気にさせていくのが、甲子園の大監督たちだ。〝甲子園で勝とうと思ったら、ここまでやらなきゃいけないんだ〟ということを、つくづく思い知らされる日々である。みなさんはグラウンド内だけではなく、いろんなところで監督同士の戦いをやっていらっしゃる。監督の器がそうさせるのか、経験値がそうさせるのか。私自身も的野先生の下に付きながら、多くの有名な監督さんと知り合う機会に恵まれた。大御所のそばにいたからこそ、他の人ができないような出会いや経験をいくつも重ねることができた。

もちろん甲子園に出場すれば、出会いや経験は倍のスピードで増えていく。そういう意味でも、私はこれからも甲子園の舞台に立ち続けたいと思っている。

第五章

実戦力と判断力をブラッシュアップ

試合に強い選手を作る方法

短時間集中、長崎日大の練習

長崎日大の練習は、毎日の朝練からスタートする。朝練は学校内で7時30分に開始。通学生の電車の時間もあるので全員一斉スタートというわけではなく、来た者から順次始めていくという形だ。8時30分前には教室に入らなければいけないので、それまでの間にトレーニングを行うのである。場所がグラウンドではなく校内なので、時間ギリギリまで集中してトレーニングができる。

放課後は16時10分のホームルーム終了後、グラウンドに移動して16時30分ぐらいに練習がスタートする。全体練習の終了は19時だ。そこからグラウンド整備をして、19時30分には解散。その後は残って自主練習をする者もいるが、寮の食事を21時までに終わらせなければならないので、食事に間に合う時間が練習の上限ラインとなる。なお、自主練の参加は強制していない。

練習ではランニング、アップ、キャッチボールの順で行い、その後はノックから入ったりバッティングから入ったり、その時々によって変わっていく。練習時間が決して長いわけではないため、バッティングからスタートする日は前日にケージをセッティングしておく。だから、必ずしも守備練習から入るというわけではない。また、グラウンドの照明が充分な明るさを確保できるわけではないので、日没が早い時期にはバッティングだけ、守備だけで終わるということもある。

私自身は、練習メニューを立てるのが得意な方ではない。むしろ社会人でプレーした経験のある山内先生の方が、練習の引き出しも多いと思っているので、メニューの組み立ては山内先生に一任している。「ここでバッティングを入れます」と言われたら、私は「じゃあ、そこでピッチャーを投げさせるわ」と言ってブルペンに向かい、バッティングピッチャーの準備をさせる。「今日はシートバッティングで投げさせるのは無理だね」とか「今日はこの子とこの子を投げさせて」ということは伝えるが、大まかな部分はすべて山内先生にお任せだ。

もちろん彼が組んでくれたものに「そっちよりも、今はこっちをやらせてくれ」と、注文を付けることもある。ただ、山内先生は「走りを入れたい」とか「バッティングに特化したい」とか「強化や休みをこのへんに入れましょう」といった考えを、私にしっかりと打診してくれたうえでメニューを組んでいるので、とくに大きな支障はない。

引退した3年生も、野球を続ける者は基本的に毎日練習に参加させている。それも独自のペースでやらせるということではなく、アップから入ってもらう。そこまでやらせないと、自分たちの判断力の中ではなかなかやれるものではない。次のステージに送り出したあとに、先方に迷惑をかけるわけにはいかないから、練習も手を抜くわけにはいかないのだ。

正しい推進力、送球方向を覚える「ステップキャッチボール」

長崎日大のキャッチボールは、普段から6分間、8分間と時間を設定して行っている。なぜなら、甲子園ではベンチ前で軽くキャッチボールをやって、すぐにシートノックに移る。初出場のチームは、ベンチに荷物を運んでいるうちにシートノックが始まってしまい、バタバタした中で試合開始を迎えることが多い。そういうことがないように、普段のキャッチボールから「限られた時間の中で肩を作る」という習慣を身に付けさせるのだ。

キャッチボールの種類は大きく分けてサイドスロー、遠投、ステップスロー、ケンカボール（クイックキャッチボール）がある。最近はショートスローができない選手が増えてきたので、最初にサイドスローを入れている。横から投げることによって、ボールが指にかかる感覚を養えると思っているからだ。指のかかりを確認したのちに、次第に距離を伸ばしていく。

キャッチボールの目的は、投げる方向にしっかり力を伝えること、正しいステップで足の運びを覚えさせることにある。したがって、ボールを投げるための推進力と、正しい送球方向を身に付けさせなければならない。ステップスローもフォーステップ、スリーステップ、ツーステップと名づけているキャッチボールがある。

フォーステップであれば、基本的には右足をしっかり踏み込み、捕球したところが一歩目（1）。そこから左足を前に出してステップする（2）。そこから送球モーションに入り（3）リリースする（4）。スリーステップは（3）で投げるので、ステップワークを素早く行わなければならない。難易度が高いのはツーステップで、捕球と同時にその場で軽くジャンプをしながら（2）、クイックスローで投げるパターンと、逆に捕球時にしっかり踏み込んでワンタッチで投げるパターンがある。

捕球時はしっかり踏み込み、ボールを捕りに行かなければいけない。そこから送球に移る際にも、足の運びは非常に重要だ。このステップキャッチボールは、投げる方向性を作る目的で行っている。捕球から送球に移る一連の動きの中で、力が違う方向を向いてしまえば悪送球になってしまう。相手のランナーを進めてしまうケースの多くは、送球ミスに原因がある。つまり、負けにつながるミスは、だいたいがキャッチボールのミスなのだ。なお、このステップキャッチボールは、右足で当たる（捕球時に右足を踏み込む）ケース、左足で当たるケースと両方やらなければいけない。

最近は40ｍをしっかり投げるキャッチボールを、山内先生が指導している。ケンカボールは右足で素早いステップを踏みながら、捕って素早く投げる動作を繰り返す。きっと多くのチームが、キャッチボールの最後に行っているに違いない。創成館の稙田監督は、おそらくこのキャッチボールを重視しているのだろう。創成館の内野手は、クイックスローがじつに上手い。

30～40ｍぐらいの距離での、ワンバウンド送球もある。そういった実戦で起こりうるケースを想定したキャッチボールも、必要と感じればメニューに加えている。

「実戦力」を強化するボール回し

ボール回しの種類も、いくつかある。とくに私が大事にしているのは、切り返しを入れたパターン【1】と無人のベースに投げるパターン【2】だ。

【1】は4つの塁に分かれた選手が一斉に走り出し、掛け声に合わせて切り返して第三の方向に投げるというものだ。たとえば一塁から二塁方向に走る選手が、掛け声に合わせてホームベースに投げる。これは、ランナーが一・三塁の状況で一塁ランナーを挟んだ時に、三塁ランナーが三本間で止まった場合、またはランナーが本塁を突いた場合に、一・二塁間の挟殺から切り返して三塁走者でアウトを取りに行くことに備えての練習である。

こういったケースでは悪送球になることが多いので、あえて投げる方向とは逆の方向に走らせ、止まって投げるという動きを入れるのだ。その時も、しっかり投げたい方向に体重をかけられているかを確認しなければならない。こういう場合の送球は、重心が後傾になりがちなので注意が必要だ。この切り返しボール回しは、左右両まわりで行っている。

どのチームも「投げる方向に向かって、走りながら投げる」という練習は、当たり前のように行っていると思う。しかし、試合の中では正面ではない方向に切り返して、素早く投げられるかどうかが、アウト・セーフを分け、さらには得点になるか、防ぐことができるかを分けるのだ。ここもキャッチボールと同じで、投げる方向性を大事にしたい。体は逆方向を向いていても、しっかりステップをして、切り返した方向にパワーを送れるように指導している。

【2】のボール回しは、ベースの後方から入ってくる選手に投げる。「空間ボール回し」と言ってもいいだろう。たとえば三塁の選手は、あらかじめ三塁側ファウルゾーンからスタートし、本塁から転送されるボールを動きながら捕りに行く。逆に本塁から投げる選手は、三塁の選手がベースに入るタイミングを見計らい、無人のベースに向かってイメージを大事にしながら投げる。

とくに最近は〝動きながら捕る、投げる〟というプレーが下手な選手が増えてきた。試合の中でも一・二塁間のゴロをファーストが捕球し、ベースカバーに入ったピッチャーに送球する投内連係において、ピッチャーがベース上で落球するケースは少なくない。

ファーストからピッチャーへの転送（3－1）だけでなく、5－4－3、6－4－3、4－6－3といった併殺プレーにも同様のことが言えるだろう。

この場合、ボールを受ける側は動きながらベースを見て、転送されたボールを捕らなければならない。投げる方も、ベースカバーに入る選手の動きを予測しながら、無人の空間に投げる必要がある。このように、動きながら対応するというプレーのミスが、後を絶たない。こうしたプレーには、予測する力も必要だ。

このボール回しでは、そのあたりの〝実戦力〟を作っていくことができる。空間ボール回しは、走っている選手のその先にパスを出すバスケットボールからヒントを得た。もちろん逆回転バージョンもある。

明徳義塾の外野手に見る「外野守備の基本」

日々の練習でノックを打っているのは、部長の山内先生である。しかし、私自身もノックを打つのは大好きだ。本数を打ってきたという自負があるので、ある程度は狙ったところに打てる自信もある。試合前は選手の状態を確認したいという意味もあって、私自身が打つようにしている。

ノックはノッカーの意図によって、その効果はまったく変わってくると思っている。グラブを地面に置く習性を身に付けさせたい時には、高いバウンドではなく、地面を這うような打球を打たなければならない。一方で、強い打球を打っているだけでは、恐怖心を植え付けるだけだ。だから、チームや選手個人の守備を作っていくうえで、ノッカーの技量は大きなファクターとなるのである。

守備において私が非常に頭を悩ませているのが、外野の練習方法だ。甲子園で龍谷大平安に敗れた試合も、レフトフライの落球があった。打球勘を、どうやって養っていけばいいのか。前後の距離感などをいかに把握させるべきか。この点は、まだ私の中で確立できていない部分である。ましてや低反発バットに変わったことで、前の打球、後ろの打球への判断がより難しくなった気がする。

練習試合で対戦したり、甲子園での試合を見たりしていつも〝上手だな〟と思うのは、明徳義塾の外野陣だ。彼らは常に上体が低く、打球に対してしっかり当たれている。一方、長崎日大の外野手は〝投げたい〟という意識が強すぎるがゆえに、捕球位置が頭より前に来てしまっている。明徳義塾の外野手は、みんな顔の下に捕球位置があるので、捕球が強い。

2024年秋に明徳義塾に行って試合前ノックを見させてもらった時に、ノッカーの佐藤洋先生が「目付けが甘い!」と言って、ボールをしっかり見ていないことに対して厳しく指摘をしていた。目付けが甘ければ捕球が弱くなり、ボールが手に付かなくなる可能性もある。まずはしっかり捕球しなければ、強い送球にもつながらないのだ。私から見れば、それほど悪いとは思えなかったのに、捕球時のわずかなミスを見逃さず、指摘をされていたのには驚いた。

その時の練習試合で、長崎日大のレフトがポロッとやった瞬間に、一気に二塁からホームに生還されてしまった。日頃から意識している外野守備を裏返し、相手にミスがあれば一気に付け込む。そういう部分での差を、私は痛感せざるを得なかった。

単純に一歩目の遅さもあると思う。打球との距離があり、バウンドを合わせられる時間があるにも関わらず、合わせることができない。つまり、判断からの一歩目が遅いのだろう。一歩目のスタートをどうやって意識させるか。そこも非常に難しい。

以前は練習の効率化を図るために、最大3か所で打っていたバッティング練習を、5か所に広げて打たせていたことがあった。しかし、それでは打球がひっきりなしに飛んできて危険なため、野手が守りに就けなくなってしまった。3か所で順番に投げれば、野手をポジションに就けて打球に反応させることができる。練習時間が短いため効率化も必要なのだが、生きた打球で野手の打球への反応も磨きたい。取捨選択の判断が非常に難しい部分だ。

ポジショニングは予測の積み重ねで決まる

カットプレーの場合、カットマンの間隔を「10数m」、「7m」とはっきり決めているチームも多いようだ。一時期は私もそれをやってみようと思い、距離感を養う目的で選手の腰に10mの紐を付け、鬼ごっこをさせたことがあった。しかし、今はカットマン同士の距離について、具体的な数字を示してはいない。それよりも、動きながら言葉のやり取りを行うことを重視しているからだ。

たとえばレフト線に打球が転がれば、ショートが追ってセカンドが2枚目のカットに入る。しかし、サードが2枚目として打球を追い、空いた三塁ベースにセカンドが入った方がいい場合もある。もちろん基本フォーメーションは大事だが、ボールが動いている中での言葉掛け、会話をできるようになることが大事だと思うのだ。だから私は、中継プレーの中で、ボールに直接関わらない選手にも「声だけでいいから、プレーに参加するように」と言っている。

1枚目のカットマンは、普段の練習から外野手の肩の強さを知っておかなければならない。そのうえで詰める距離を、自ら判断するのだ。カットマンがどこまで詰めていくかは、誰がどこを守っているかによって違うものだ。「ウチは何m」と、チームの中の決め事はあっていいと思うが、それを応用する力がなければ意味はないと思う。

一方、バットが低反発仕様に変わったことで、外野を極端に前に出したり、寄せてみたりというように、極端なポジショニングを取るチームが増えてきた。その反面、今まで通り後ろ目に守っているチームもある。長崎日大はどちらかと言えば、頭を越されての長打を防ぐために、後ろ目にポジションを取ることが多い。

ポジショニングは、意識によって変わるものだと私自身は思っている。野手は〝このバッターは真っすぐに押されているな〟、〝このバットの軌道だったら、こっちに来るんじゃないかな〟と感じながら守らなければならない。または、キャッチャーのサインを見て〝このピッチャーの変化球なら、こっちに来そうだな〟ということを、どれだけ予測できるか。そして、そうした予測を自分の中にどれだけ蓄積できているかで、ポジシヨニングは変わってくる。

カウントによっても、予測は立てられる。2ボール1ストライク、3ボール1ストライクというバッティングカウントでは、強振してくる可能性がある。そこでどう守るべきか。逆にバッターが不利のカウントでは、しっかり押っ付けてくる可能性があるので、ポジショニングも違ってくるだろう。

そういう意識を持ってもらうために、私はわざと彼らに聞こえるような声で「ここはバッティングカウントだな。振ってくるかもな」と、常にベンチで口に出すようにしている。選手にも「相手が反応していることを言葉に出しなさい。バッターの反応を見て『引っ張りに来ているぞ、逆方向を狙っているぞ』という言葉にしなさい」と伝えている。

ボールがバットに当たる前から打球方向を予測し、瞬間的に反応するのは、野球選手の絶対条件だ。また、バッターの特徴やスイング軌道を気にする癖を付けなければいけないし、自分たちのピッチャーのことにも注意しておかないといけない。選手がそういう目を持って試合に臨めるようになるまで、監督はベンチでしつこく言い続けなければならないのである。

「ブロックティー」で〝前で捉える〟感覚を磨く

とにかくバッティング強化は、今の長崎日大にとっては至上命題と言える大きなテーマだ。まず、どのようにしてチーム全体の打撃力を上げていくべきか。いろいろと考えている時に、私に大きなヒントを与えてくれたのが、明徳義塾の馬淵監督だった。

バッティングに対する馬淵監督の考えはこうだった。

「球種とかは関係なく、ベルトの高さにバットが出ない選手は甲子園で打てない」

それを聞いて、私は選手たちに積極性を持たせる意味で、2024年の夏が終わって新チームがスタートした時から「多少ボール球でもいいから、高めの球にも手を出していこう」と言って、いろいろと取り組んできた。結局、秋は負けてしまったのだが、これを継続しながら夏までやっていけば、どういうバッティングの効果が出てくるのだろうかと思っている。

以前は5か所でも打っていたフリーバッティングだが、現在は3か所から4か所で打つのが基本となった。時期によっては変化球マシンを設置する場合もあるが、全ケージとも本職のピッチャーが投げることがほとんどだ。もちろんAチームの選手が中心にはなるが、基本的にはケージに入る組、後ろでティーをする組、ウエートをやる組に分けて回している。

フリーバッティングでは、ひとりで何本も打つ選手もいれば、1本で代わる選手もいる。さっと終わらせてピッチングに行ったり、守りに就いたりする者もいる。このように、私の方で時間、本数を決めてはいない。

2024年の8月ぐらいから取り組んでいるのは、軸足をブロックに乗せて打つティーだ。これは日大の片岡昭吾監督から学んだ練習方法である。片岡監督は私のふたつ上の先輩で、JR東日本でも指導経験があるので、さすがに技術指導の引き出しが多い。体重移動を意識させるためにブロックの上に軸足を置き、ヘソの前で右手首を返し、手の甲が上を向くようにスイングする。軸足をブロックの上に乗せることで、正しく体重移動している状態を作ることができるのだ。

片岡監督からは「差し込まれたら絶対にダメ。いかに前で打てるか」という話もしていただいた。以前の私は、むしろ逆の考えだった。やはり変化球にも対応しなければならないので、ボールを長く見て後ろ（体に近いところ）で叩くというのが持論でもあった。ところが片岡監督からの教えを受けた私は〝前の方でしっかりさばけるように〟という、新しい考え方を得ることになった。指導の様子は動画にも撮って、部長の山内先生とも共有し、練習の意図を理解してもらっている。

もちろん〝後ろで捉えた方がいい〟と言う人もいるだろう。どちらが正しいという正解はないのだろうが、長崎日大は今までのスタイルで打てていなかったのだ。それならいっそ、何かを変えてみるのもいい。新しい感覚を選手たちに持たせてみるのも、指導としてはアリだと思ったのである。

ちなみに私は、昔からバットの握り方にすごく興味を持っていた。以前はグリップエンドにテープを巻いて、小指を浮かすようにバットを握るプロ野球選手もいた。当時は「上3本の指で握ると、肩に力が入るからダメだ」と言う人もいたが、日大時代の鈴木監督は「上3本だよ。バットのヘッドを走らせるためにも、上で持ってそこから締めるんだ。釣竿やドラムのバチはどうやって持っている？　ヘッドを利かせるために上で持っているだろう」と仰っていた。そこも感覚的な部分なので一概に決めつけられないが、選手たちにはバットを振り込むことによって、自分に合ったバットの握り方を見つけてほしいと思う。

走塁は決まり事よりも判断力が大事

走塁におけるリードの取り方や、走行ラインについては「こういう方法があるよ」とだけ伝えているが、最終的には自分のやりやすい形でいいと思っている。たとえばランナー三塁の時に、昔はよく「前足（右足）のかかとでスタートを合わせなさい」とか「両足を着いた状態で見なければ、全体は把握できない」とか言われていたが、それらはすべて感覚的な問題だ。要はスタートを切ってくれればいいだけであって、その中で「良かった、悪かった」と評価すればいいのである。

走路に関しては決まり事を徹底していないが、ベースを踏む際には「側面を踏みなさい」と言っている。ここで言う側面とは、ファーストベースならバッターランナーから見て手前（二塁側本塁寄り）の角に近い側面のことである。ベースの側面を蹴れば、自ずとコーナリングしやすいように体が傾くはずだ。だから、側面に足の裏を入れるイメージを持って踏むことが重要になる。ベースを蹴る足は、どちらの足でも構わない。ロスしないように、合わせられる方の足で踏めばいい。

走塁の打球判断も、低反発バットに変わってからは、より難しくなったと思う。2024年シーズンは、セカンドランナーが本塁突入でアウトになるケースが目立っていた。低反発バットになって、外野がより前に来ていることが多くなったからだろう。

バットのレギュレーション変更から1年が経過したが、打球予測の部分でまだまだミスはある。もちろん良い判断をしないと、ランナーは一本で還ってくることができない。しかし「好走塁と走塁ミスは紙一重」と言われるほど、ギリギリのプレーなのだ。それが今は良い判断をしようと思いすぎるあまり、ボールの方に意識が行きすぎて落とし穴が生まれている。

ベースコーチャーやランナーは相手の守備力、とりわけ肩を事前に確認しておくことがより求められるし、塁上では相手の守備位置をしっかり確認しておかなければならない。そのあたりは、これから経験を積むことでどんどんレベルアップしていくだろう。それを、どの程度の時間で埋めていくことができるのか。今後はその差が、チーム力の差となって表れてくるのではないだろうか。

一方でバットうんぬんは関係なく、走塁判断を求められるケースもある。たとえば、バントの場面でバッターが空振りし、セカンドランナーが飛び出してしまう。キャッチャーが二塁に送球し、ランナーが慌ててベースに戻る。これはギリギリの攻防の中で、より高い可能性を追求しているからこそ生じるプレーなのかではないかと、私は思っている。こういう時に「何をやっているんだ！」と言ってしまうと、なおさら選手の判断力が鈍る危険性があるのではないだろうか。

長崎日大の「低投ゴー」

的野先生の時代に、長崎日大が〝お家芸〟としていたプレーが「低投ゴー」だ。要はピッチャーのボールが低めのワンバウンドになりそうなら、ランナーはスタートを切る。一般的には「ワンバンゴー」と呼んでいるプレーである。ただ、長崎日大の場合は単に「ゴー」するだけではない。相手ピッチャーにたくさん牽制をさせ、ミスを誘うという「バック」重視の戦術なのである。

私たちの時代は、冬の間に低投ゴーをひたすら練習した。といっても、繰り返したのは帰塁の練習だ。その理由を、的野先生は「帰塁に自信が持てるようになれば、スタートするのは簡単だ」と仰っていた。

これがじつに面白く、気が付けば私たちも的野先生の低投ゴーに乗せられていた。試合中に牽制を入れられると「よし、牽制してきたぞ！」、「お、2球もらったぞ！」と言って、こちらのベンチが一段と盛り上がるのである。相手は〝なんで牽制をしただけなのに、こんなに盛り上がっているんだ〟と薄気味悪さを感じていたはずだ。

そうやってプレッシャーをかけ続けていれば、キャッチャーもムキになって投げてくるし、相手が勝手にミスをすることもある。ディレードスチールも面白いように決まった。監督の言う通りにやっていれば、点も入るし試合にも勝てる。「低投ゴー」は、的野先生のカリスマ性を高めたプレーでもあった。

「ランナーのリードはここまで出ろ」という決め事はなかったものの、ピッチャーの気を引く仕草は、的野先生からずいぶんと教えていただいた。わかりやすい例では、暴れ牛のように土を跳ね上げながらリードを取り、いつでもスタートを切るぞという気を全面に出す。そうした〝演技指導〟は的野先生の得意とするところだった。

もちろん低投ゴーの意識は、現在の長崎日大にも残っている。「キャッチャーの膝が着いたら、スタートを切る」という意識は、チームの全員が持っているものだ。今でも的野先生の頃のように「今日はどれだけ牽制をもらうか、という練習をしよう」と言って、スタート&バックを繰り返す日もある。圧倒的な強打線で打ち勝つ野球はなかなか実現できないが、足を用いた野球はすべてのチームが共通して目指せるところだ。長崎日大では、これからも低投ゴーの精度を高める努力を続けていくことだろう。

ちなみに、長崎日大が初めて甲子園に出場した1993年春。その記念すべき「学校初得点」は、一塁ランナーが転んだふりをして、相手のファーストがタッチしに行く間に三塁ランナーが生還したというトリックプレーだった。低投ゴーではなかったものの、じつに的野先生らしい得点パターンだったと思う。

長崎日大のバットトレーニング

前章でも紹介したトレーニングコーチの繁井さんには、北九州から毎月1回のペースで指導に来ていただいている。野球は体の力をいかに上手く伝えられるかが重要になってくるので、繁井さんの指導は非常に大きなヒントになっている。私が「こういう技術指導がしたいのですが、そこにつながるトレーニングはありますか？」という質問を投げかけると、それに沿っていろいろとメニューを立ててくださるので大助かりだ。そこでのアドバイスは、体の力を上手く伝えられずに間違った投げ方や打ち方をしている選手に対する、技術の修正にも活かされるのである。

肩関節や股関節の連動についても、いろいろと勉強させていただいている。繁井さんは「物を持ち上げる時の何気ない動作に、いろんなヒントが隠されているよ」と教えてくれた。私も時間があれば、以前のトレーニング風景の動画を見返すようになった。

朝練のメニューを作ってくれるのも繁井さんだ。朝練はグループに分かれて上半身強化、下半身強化、体幹強化をローテーションで回し、懸垂や腕立て伏せといった自重トレーニングを行っているが、ピッチャー用のトレーニングやウエートのメニューも、繁井さんが考案して指導も行ってくれている。

繁井さんの指導でとくにユニークなのが、バットトレーニングだ。竹刀を振り下ろすような形のトレーニングは、体の中心を通る正中線から真っすぐにバットを出す。重心を残したまま、ヘッドをしならせるイメージでバットだけを突き出していく。剣道でいうなら、正面に立っている相手のおでこではなく、後頭部を叩くつもりでバットを振り下ろすのだ。これを数十回行う。

基本的に、バットはヘッドを走らせなければならない。真っすぐバットを振り下ろす

トイレ
OAKLEY

朝練は校舎内で、上半身強化、下半身強化、体幹強化をローテーションで回し、懸垂や腕立て伏せといった自重トレーニングを行う

動作によって力点、支点、作用点を意識しながら、バットを使う意識を高めていくのだ。バットの使い方、ヘッドの走らせ方、リストの返し方を理解するうえで、すごく効果的なトレーニングではないだろうか。

また、プロ野球選手も行っている「8の字スイング」に似たバットトレーニングもある。体の中心を意識しながら、柔軟なリストワークでバットを旋回させる。これもヘッドを上手く走らせるためのトレーニングのひとつだ。

今後は繁井さんの指導のもと、一段とウエートに取り組んでいこうと思っている。以前、長崎日大から福岡工業大に進んだ卒業生が、繁井さんと会った時に「長崎日大の子は貧弱ですよ」と言ってきたらしい。その後、繁井さんから「平山先生、ちょっとウエートを多くしましょうか」と提案され、最近は週に3・4回ウエートを行うようになった。以前はラン系を多く入れていたが、バッティング練習の間、サーキットの一環としてウエートを組み込むことが多くなった。

竹刀を振り下ろすような形の独特のバットトレーニングは、体の中心を通る正中線から真っすぐにヘッドをしならせるイメージで、バットだけを突き出していく

体の中心を意識しながら、柔軟なリストワークでバットを旋回させる。これもヘッドを上手く走らせるためのトレーニングのひとつ

トレーニングによって開花した大瀬良大地

やはりトレーニングは疎かにできない。過去にはトレーニングによって、大きく実力を開花させた選手もいた。２０１４年ドラフト1位で広島に入団し、現在もエースとして活躍している大瀬良大地である。

大瀬良の覚醒は、トレーニングの成果だと信じている。2年冬はより強靭な体を作ろうと、とにかくトレーニングに没頭させた。腹筋、背筋、腕立て伏せといった自重トレーニングが中心だったが、他にもバラエティに富んだトレーニングに取り組んだ。

私は柔道部の監督に「どんなトレーニングをしているのか、一度見せてくれ」とお願いして、大瀬良たち投手陣を連れて練習見学に向かった。柔道部の松本太一監督は、私の大学時代の同級生だ。五輪2大会連続の柔道金メダリスト・永瀬貴規を育てた指導者でもある。柔道部の生徒は、例外なく体が大きくなる。彼らの背中の大きさを見るたびに、私は〝いったい、どんなことをやっているんだ〟と思っていた。

松本監督は他競技のトレーニングを積極的に取り入れるだけではなく、エアロビクス導入などの斬新な指導も行っていた。松本監督のように、異分野から取り入れられる練習メニューはないだろうか。そこでまず参考にさせてもらったのが、柔道部が行ってい た片足手押し車だった。

一方の足を支えてもらいながら、片方の足は宙でぶらぶらさせる。その姿勢を体幹でキープしながら、手押し車を行うのだ。最初は「ホームベースから始めてセカンドベースまで行き、セカンドからは逆の足で帰ってこい」と言ってスタートした。その後、40mの直線を往復するようになった。

また、綱引きロープを使ってのロープ上りや、前身の筋力を使って波打たせる「バトルロープ」と呼ばれるトレーニングは、チーム全員が毎日行うマストメニューになった。練習最後の10分ぐらいは、四つん這いの状態から片足だけを地面に着け、一方の足を上げたまま、ぴょんぴょんと飛び出ていく体幹強化にも取り組んだ。私たちはこれを〝ピョン吉〟と名づけ「今日はピョン吉を3往復だ!」と言って40mの距離を行ったり来たりさせたのである。

そんなトレーニングを続けていると、大瀬良は3年夏前あたりになって、急激に化け始めた。5月を過ぎた頃になると、同じ長崎県内のライバルで、センバツ優勝投手の清峰・今村猛投手と同等の評価を受けるまでになったのだ。

長い指導者生活の中で、本当に後にも先にもないと言っていいほどの、急激な進化だった。実際に私もブルペンでボールを受けたことがあったが、2年時までのスライダーはまったくキレもスピードもなかった。本当に大丈夫かなと思っていたところ、ある時から〝あれ、ボールが変わったな〟と感じ始めたのである。

柔道場の緊迫感を体感させたのも、良かったのかもしれない。あれだけ体の大きな高校生が、泣きながら食らい付いていく姿を目の当たりにしたのだ。気を抜いたら、即怪我につながる。野球にはない緊張感を体感させたことが、トレーニングに向き合う心構えを作るうえでも大きかったと思う。

2年冬から徹底的に絞り込み、本人も厳しいトレーニングに屈せず頑張ってきた。トレーニングの成果はなかなか目に見えるものではないし、そう簡単に形となって表れるものでもない。ところが大瀬良の場合は、やり込んできたことが花開いたのだ。トレーニングは嘘をつかないということを、私は大瀬良から学んだ気がする。これからも繁井さんの協力を得ながら、選手たちのフィジカル強化に努めていきたい。

プレッシャー練習の是非

夏を前にした「追い込み」を行っているチームも多いと聞くが、長崎日大では追い込みというほどの追い込みは行っていない。私たちの場合は、どうしても練習時間が2時間半に限られている。夏までに技術を高めたいという思いが勝り、とことんまで追い込んではいないのだ。どうしても肉体的に追い込みたい時には、ランニングをさせてから試合に入ることもあるが、やっていることと言えば本当にその程度だ。

むしろプレッシャーをかけたい時は、量ではなく技術練習のペースを上げたり、厳しい場面を想定して精神的にプレッシャーをかけたりしている。練習試合の中で「今日は絶対にストライクを見逃したらダメだ」、「あえてツーストライク後からバントをするぞ」と言って決まり事を設定し、プレッシャーをかけていく期間もある。

じつは「日大は追い込みすぎじゃないの」という意見もあるらしい。これは父兄から聞いた話だが、どうやら選手たちがメンタル的に追い込まれていると映っているようだ。

それは、私自身の言葉の掛け方に問題があるのかもしれないし、私が「行くぞ、行くぞ」と言いすぎることが、選手たちにはプレッシャーになっていたのかもしれない。

監督1年目の夏には、私のひとことで選手に余計なプレッシャーをかけてしまい、タイブレーク無得点で敗れた苦い経験がある。それ以降は、プレッシャーをかけた練習が足りなかったのだろうかと思い、より厳しい場面を想定したプレッシャー練習に重きを置くようになった。

その一方で〝たしかに追い込みすぎている〟と自覚している部分もある。練習試合でのツーストライクバントにしてもそうだ。こうしたプレッシャーのかかる状況で失敗が続けば、チーム全体が負の状態に陥り、試合にも負けてしまうこともある。もちろんプレッシャーを克服して、成功する選手もいるだけに、どの程度のプレッシャーをかければいいのかを判断しかねているのが現状である。

そうは言っても、精神的にも体力的にも、強くなることは絶対に必要だ。とくに近年の子供たちは、コロナの影響で高校に入ってくるまでの練習量が決定的に不足している。そこを埋めていく作業も、避けては通れない。だから、技術と体力の両方を上げていくための追い込み方を作り上げていきたいと思っている。

第六章

捕手論「ヒラヤマの方程式」

名捕手はブルペンで生まれる

名捕手とは、イメージができるキャッチャー

私の出身ポジションということもあり、キャッチャーについてはいろいろと持論がある。ここでは、私なりの「捕手論」を述べたいと思う。

そもそもキャッチャーを語る際には「配球を組み立てる時に、ピッチャーの良さを引き出すタイプなのか、バッターの苦手なところを突くタイプなのか」という議論が付きものだ。しかし、私はその両方を加味したうえで配球しなければならないと考えているので、どちらを優先するのかと聞かれれば「両方」と答えるしかない。むしろ、このどちらかということではなく「イメージを持つこと」を一番に置きたいと思っている。

バッターを打ち取るために、いろいろと探りながらやり繰りしていくのが配球である。どういう意図で、この球を投げさせるのかということを、常にキャッチャーはイメージしていなければならない。

たとえば、バッターを打ち取るイメージの中で「苦手なコースを突きます」とは言っ

ても、そのボールをどこで投げるのか。もっとも警戒しているバッターを、初回ツーアウトランナーなしの場面で迎えたのなら、いきなり苦手なコースを突くよりも〝ここのコースは打てるのかな〟と探りを入れて、いろんなコースや球種を試してみるのもいいだろう。ホームランさえ打たれなければ、シングルヒットなら問題がないのだから。このように、ピッチャーのウイニングショットをどこで使うのかは、キャッチャーの裁量次第だ。

もちろん勝負所では、注意しているバッターに回したくない。相手打線のキーマンの前に、極力ランナーを溜めないようにしたい。だから、相手打線をプップツ切れるような攻め方を考えなければならない。そういうことをトータルで考えてバッターを打ち取る、9回を勝ち切るイメージを持つことが大事なのである。とくに、配球は結果論で語られることが多くなりがちで、正解はない。とにかく多くのことを考えられるキャッチャーこそが、一番良いキャッチャーだと言い切っていい。

また、キャッチャーの立場からすれば、嫌なピッチャーは基本的にいない。こういうピッチャーは嫌だとか、こういうピッチャーが好きだとか、そんなことを考えてプレーしていないからだ。試合に〝投げる、投げられない〟のレベルはあっても、それらはすべてピッチャーの特徴なんだと割り切り、それぞれのピッチャーの特徴をどうやって活かしていくかを考えるのがキャッチャーだ。コントロールがなくて、球が強いピッチャーにコントロールを要求しても、そのピッチャーの良さは出てこない。その逆も然り。球の力がないピッチャーに、力勝負を求めても無理があるだろう。

だから、私自身はピッチャーの好き嫌いがなかった。ただ、監督という責任ある立場になると、そうも言っていられなくなる。やはり試合で使えるのは、コントロールが良いピッチャーだ。球がどれだけ強くても、ストライクが取れるコントロールのないピッチャーは、信用して送り出すことはできない。

キャッチャーに求められる「根気強さ」と「空間支配能力」

「野球はピッチャーが第一球を投げなければ、試合が始まらない」と、多くの人は言う。しかし、私の考えはそうではない。キャッチャーがサインを出さなければ、ピッチャーは第一球を投げることができないのである。そういう意味でも、キャッチャーとは試合を支配できる権限を与えられた、特殊なポジションだと言っていいだろう。

つまり、キャッチャーには〝間〟をコントロールできる能力が必要になってくる。野球自体が〝間のスポーツ〟だ。ランナーがいる時に、ピッチャーがクイックで投げる。ボールを持ったまま、ギリギリまで投げないといった駆け引き自体が、野球特有の間なのだが、キャッチャーにはこういった〝空間の歪み〟を支配する能力が求められるのだ。キャッチャーには、根気強さも必要だ。ピッチャーに対して「ここに投げろ」と要求し続けられるキャッチャーは、良いキャッチャーになる。ブルペンの段階から「ここに投げるんだぞ」と説き続けながら投げさせ、その意図を根気強く言えるキャッチャーが、ピッチャーの制球力を上げていくからだ。

たった一球の「ナイスボール」が行っただけで、満足してしまうピッチャーも少なくはない。本当のナイスボールを身に付けさせるためにも、キャッチャーの根気強さは絶対条件なのである。試合の中で〝ここに欲しい〟というボールがなかなか来なかったとしても、なんとか工夫を重ねて「ここに投げるんだぞ」と求め続けられるキャッチャーが、土壇場でも失投しないピッチャーを作ると私は信じている。

まず、キャッチャーの要求通りに投げられるコントロールがないピッチャーでは、配球のイメージも沸かない。想定しているところにボールが来なければ、打ち取るイメージも根本から崩れ去っていくのだ。

一方で、キャッチャーの決めつけは危険である。だから、私は「善意の疑い」という言葉を大事にしている。〝もしかしたら、こうなるかもしれない。すべてを信用しきってはダメだ〟という思いを、常に持っているのだ。コントロールが甘くなるということを、キャッチャーは頭に入れた状態でリードしなければならない。ベストボールが来れば、誰でも打ち取れる可能性は高くなる。しかし、打ち取るイメージと同じぐらい、最悪のケースをイメージすることも、キャッチャーには求めたい。

キャッチャーからすると、打ち取ったケースよりも打たれたボールの方が記憶に残っているものだ。逆にバッターは打ったボールよりも、打ち取られたボールの方が印象に残っている。したがって、バッテリーはいろいろなバッターとの対戦経験を重ねていくうちに、攻め方のバリエーションが増えてくるだろう。

時には〝ここはちょっと振らせてやろう〟と思ったり〝いきなり意表を突いてやろう〟といった遊び心を挟んだりしてもいいと思う。そういった印象に残る攻め方を覚えてくれると、バッテリー優位の勝負に持ち込みやすくなるはずだ。

空振り三振はピッチャーの力、見逃し三振はキャッチャーの力

高校時代の私は、的野先生から「配球は芸術品だ」と言われ、キャッチャー出身の渡瀬先生からは「一球に根拠を持て」と教えられてきた。芸術とは、まさにイメージすることが大事だと思う。繰り返しになるが、やはりキャッチャーは打ち取り方をイメージできるかどうかだ。どういうふうに打ち取りたいのか。どういうアウトが欲しいのか。それがイメージできなければ、配球は組み立てられない。そのイメージを持てるか、持てないかが、キャッチャーを起用するうえでの大きなポイントと考えて間違いない。

「配球は芸術」

なんという抽象的な表現だろうか。一方、根拠とは現実だ。このように、両極端にかけ離れたように感じる両者だが、すべては結果で符号する。渡瀬先生から「空振り三振はピッチャーの力、見逃し三振はキャッチャーの力」と言われた時から、私は〝どうやって見逃し三振を取ってやろうか〟ということを考えていた。ボールの強さやキレがあ

れば空振りは取れる。しかし、見逃し三振はバッターの想定とは逆を行かなければならない。根拠もなく、ただ漠然とリードしていては、そういう結果を得ることはできないだろう。

だが「根拠を持って配球しろ」と言われても、根拠を持てるようになるまでには時間と経験が必要だ。ましてや、私のように内野手から転向したキャッチャーなら、なおさらそうだろう。まず、初球を何から入っていいのかもわからないところが、私のスタート地点だった。当時は「わからなかったら、アウトコースの真っすぐでいい。困った時のアウトローだ」と言われ、困った時や痛い目に遭いたくない場面では、ひたすらアウトローを要求した。

大瀬良で甲子園に行った2009年に、本多晃希というキャッチャーがいた。彼が私に、こんなことを言ってきたことがある。

「先生、大瀬良のボールはアウトハイで空振りが取れるんですけど、投げさせてはダメですかね？」

私のイメージでは、アウトコースの高めは、バットを合わせられるとヒットにされる確率が高いので、常に怖さがつきまとうものだ。しかし、本多はそのボールで打ち取るイメージを持っている。きっと何かがあるのだろうなと思った私は「全然ＯＫだよ」と言って、彼の判断に委ねることにした。

配球には正解がないからこそ、イメージさえ描くことができれば、どこまでも成長できる。その時の何気ない会話から、私はそんなことを強く感じたのだ。打ち取れば、それが正解となる。成功体験の積み重ねは自信に変わる。だから、取りたいアウトを積み重ねていくことが、キャッチャーとして大きくなっていくための特効薬だといえよう。

私がベンチで配球のサインを出す時もあるが「常にベンチを見ろ」とは言わない。ベンチから「ナイスボール！」という私の声が聞こえたら、何かを察して私の方を見るキャッチャーもいるが、見ないキャッチャーはとことん見ない。基本的に任せている以上、それで良いと思う。

ただし「どういうイメージで配球したのか」、「どういう打ち取り方をしたいと思ったのか」という確認は必ず行っている。相手打線のキーマンは誰なのか。その日、調子が良いバッターは誰なのか。アウトが取れるバッターから、確実に取れるイメージはできているのか。そういう部分での擦り合わせだけは、決して疎かにしてはいけない。

革命捕手・古田敦也の出現

私が長崎日大でキャッチャーに転向した当時、プロ野球のキャッチャーといえばヤクルトの古田敦也さんが筆頭格の存在だった。キャッチャーというポジションがクローズアップされ始めたのは、古田さんの出現によるところが非常に大きいと思う。

キャッチャーは、単に〝壁〟ではいけない。キャッチャーとしての守備力が抜群に高い古田さんが台頭してきたことで、キャッチャーへの考え方が変わり、司令塔としての面白さが取り上げられるようになった。古田さんを指導した野村克也監督や、同じキャッチャー出身の西武・森祇晶監督が、キャッチャーの重要性を説くようになったことも大きかった。

配球が注目され始めたのも、野村さんと古田さんのヤクルトが強かった90年代前半からだろう。ナイター中継では、古田さんが捕球した瞬間にバッターをチラッと見ているだけで、評論家の方がその場面を解説してくれるようになった。他球団のキャッチャーが注目されるようになったのも、やはり古田さんとの対比が注目されたからだと思う。私としては、そういうタイミングでの転向だっただけに、キャッチャーの面白さにどんどん惹き込まれていった。

最近でこそ「フレーミング」と呼ばれるようになったが、際どいボールをストライクゾーンに納める古田さんの捕球技術は、革命的と言ってもよかった。できる、できないは別として、キャッチャーになったばかりの私も、ずいぶんと参考にさせてもらった。大学時代には古田さんが使用しているZ社の青ミットを購入したこともある。

その後、横浜や中日で活躍された谷繁元信さんの「ビタ止め捕球」が注目されるようになった。谷繁さんのようにミットを動かさずに捕球するのは、本当に難しい高等技術だ。私も最終的には〝谷繁流〟を追求するようになっていった。

私のような者が、おふたりの偉大なキャッチャーを語るなど、大変おこがましいと思うが、見て学んだことはたくさんある。やはりキャッチャーとは、強打者との対戦を経て成長していくのだ。古田さんや谷繁さんの現役時代は、巨人の落合博満さんや松井秀喜さんといった強打者との対戦を数多くこなしながら、キャッチャーとして進化していかれたのだと思う。

現役時代の私には、そういうことを意識する相手はいなかった。対戦相手よりも、むしろ自分たちの監督と戦っていた印象の方が強いからだ。それでも、練習試合で対戦した宇和島東の岩村明憲選手（元・ヤクルトなど）や、柳川の林威助選手（元・阪神）の印象は残っている。

林選手については練習試合の1試合目でボコボコに打たれたが、次の試合は緩いカーブを使いながら打ち取ることができた。そこを的野先生に褒めていただいたことも、昨日のことのように覚えている。打たれてしまった結果を踏まえ、次の対戦では対策を練って打ち取ることができたのだ。このように、経験を活かしてバッターを打ち取ることができれば、キャッチャーは成長する。しかも、相手バッターの力量が上がれば上がるほど、その成長度は大きくなるのだ。

「キャッチングは愛だ」

私がキャッチャーに転向して間もない頃、キャッチャーをやっていた先輩から「キャッチングは愛だ」と言われたことがあった。その先輩によると「恋愛と一緒で、あまり追いかけてもいけないし、引いてもいけない。ほどよい距離が大事だ。優しく、優しく、包み込むように」ということらしい。要は捕球技術に対する表現であって、ピッチャーに対しての思いではない。今にして思えば、ずいぶんと〝ませた〟ことを言う人だなと思うが、じつに上手い表現だと思う。

キャッチングする際は、自分から捕りに行ってはいけないし、体に近すぎてもいけない。実際に捕りに行ってしまうとミットや体にブレが生じるし、体に近すぎると球審にしっかり見てもらえない。たしかにキャッチャーは、ボールとの距離感が一番大事なポジションだと言える。

キャッチングは、単に前から来るボールを捕るだけではない。まず、上手く捕球してストライクに見せなければならない。捕り方によっては、ストライクがボールになることもあるだろう。また、ピッチャーに気持ち良く投げてもらうためには、音を立てた方がいい。キャッチングには、本当にやるべきことがたくさん詰まっているのだ。良く言えば、良い捕り方をすれば、ピッチャーやベンチ、球審など、いろんな人から信頼してもらえるということだ。

果たして先輩が、そこまで深い意味を込めて言ったのかどうかは定かではないが、たしかに「キャッチングは愛」の精神が、私の原点になっていると思う。大学では上の学年になっても、下の学年のピッチャーの球を受けてあげなきゃいけないと思ったし「受けてください」と言われたら、いつでも喜んで捕っていた。そこは私のポリシーとして続けてきたものだが、それもすべては「キャッチャーとしての愛の形」なのである。

キャッチングの指導は「まずはボールをしっかり捕る」というところからスタートする。ミットが流れないように、しっかりと捕球し、見せてあげること。それができればピッチャーも喜ぶし、球審も見やすい。低めのボールは上から捕りに行ってはいけない。上からボールを見てしまうと、自然と構えが高くなるので、低めのボールには対応できなくなるからだ。それに上から捕球に行ってしまうと、どうしてもミットではたき落としているように見えてしまうため、捕球できたとしても間違いなくストライクにはならない。

だから下からボールを見て、下からミットを出すことが基本となる。そもそも変化球は低めに行くことが多いので、上から捕りに行くのではなく、低い位置から捕りに行くべきだ。野手にゴロ捕球を指導する際に「グラブを地面に着けて、ボールの下を見なさい」と言っていると思うが、理屈は同じと考えていい。

また、ミットをしている側の手には、やはり肘のクッション性、つまり〝遊び〟があった方がいい。その方がミットの操作性も高まるはずだ。操作性という点では、私はミットの中に深く手を入れていなかった。ある意味〝邪道〟と言われてしまうかもしれないが、捕球のポイントさえしっかりしていれば、強いボールにも当たり負けはしない。その感覚があれば、深く入れようが浅く入れようが関係ないのだ。

ピッチャーに対するミットの見せ方も、考え方が変わってきた。私はサインを出したあとに、いったんミットを下げてから構え直していたが、これは各自のレベルに応じて好きなように構えていいと思う。

私のように一度ミットを下げ、そこから構え直して捕りに行くキャッチャーもたくさんいるし、谷繁さんのように〝ここですよ〟とピッチャーにずっと見せながら構えるタイプもいる。しかし、捕球には様々な技術があるので、ピッチャーの球を数多く受けながら、いち早く自分に合ったスタイルを身に付けるべきだろう。

「つま先重心」は万能型の捕球姿勢

ワンバウンドを止める場合は、もちろんミットだけで捕りに行ってはいけない。後ろに逸らさないように、まずは体全体を使ってストップすることが大事だ。変化球の時は跳ね方も違ってくるので、私はいつも「バウンドした地点を見なさい」と言っている。そこを意識することで、跳ね方が見えてくるのだ。また、地面を見ることで、自然とアゴも引けるはずである。

古田さんの出現以降、捕球時に左ひざを畳む（地面に着ける）キャッチャーも見受けられるようになってきたが、私は極力「膝を地面に着けるな。両膝を立てて捕球姿勢を作る練習をしなさい」と言っている。私自身は体が硬く、両膝を立てて低い姿勢で構えることができなかった。しかし、練習を重ねていくうちに、両膝立ちでも低く構えられるようになっていったのだ。体が硬いキャッチャーが片膝を着けて構えた場合、動きが制限されてしまう。どうしても片膝を着けたいのなら、低い捕球姿勢を作る意味でもスタンスを広く取るだけでなく、股関節の柔軟性をさらに高める必要があるだろう。

もちろん、ランナーがいる時は送球に備えて両膝立ちで構えなければならない。2023年のセンバツに出場した時の正捕手だった豊田喜一は、柔軟性があり、低い位置で構えることができた。だから、低い軌道のボールをバチンと強く捕ることができる、じつに上手なキャッチャーだった。

構えた時に上体が起き上がっているキャッチャーは、かかとに重心がかかっているタイプが多い。一方で、低くポジションを取るキャッチャーは、足の重心がつま先側にかかっている。キャッチャーを大きく見せた方がいいという理由から、かかと重心で大きく上体を起こせと言う人もいるようだが、私としてはいろんなボールに対応するためにも、つま先に体重をかけたい。つま先重心の体勢を作った方が、低めのボールにも対応できるし、地面とミットの接地面が近くなるため、低めのボールへの対応力も増すのではないかと思っているからだ。

立ち上がって送球動作に入る時も、前に体重がかかっている方が送球に移りやすいだろう。さらに前傾姿勢になることで、膝の前にスペースが生まれるので、左膝の位置を気にすることなくスムーズに動けるようになる。そういう意味でも、捕球姿勢を作る際には「つま先重心」をおススメしたい。

なお、右ピッチャーのスライダーをストップする場合に〝止めよう〟という意識が強すぎると、力が右半身に入りすぎて腰が浮いてしまい、トンネルの可能性がある。もちろん、体の前に落とすのが基本ではあるが、ボールを前に弾きすぎてもいけない。体に近いところに落とすためには、体に当てた瞬間に上半身の力を抜かなければならない。キレのあるワンバウンドの変化球を止めることができれば、ピッチャーに与える安心感もまったく違ってくる。だから、ストップの練習は抜かりなく取り組んでおきたい。

一方で、左ピッチャーが左バッターの外に投げたスライダーは、外側（右打席方向）からミットを内に入れるようにして捕る。捕球地点にしっかりミットを立ててパチンと捕るよりも、外側から捕りに行ってストライクゾーンで止めて捕る方が、どう考えてもストライクに見えやすいはずだ。

「ベンチに判断材料をもたらす」のは、キャッチャーの義務だ

サインを出す時に、ミットで隠そうとしないキャッチャーがいる。その時に右足が全開なら、一塁ランナーにはサインがダダ漏れだ。そんな無防備なキャッチャーを見ると、私は同じポジションの出身として非常に悲しくなってしまう。

サインがわかってしまえば、それを打者には伝えなくとも、ランナーはカーブや縦に落ちる系の変化球の時にスタートを切りやすくなる。したがって、サインを出す時のミットの位置には細心の注意を払ってもらいたい。

キャッチャーであれば、警戒心を持って高感度のアンテナを張り巡らしておかなければ

ばならない。久しぶりに高校時代の野球ノートを読み返してみると、的野先生にスクイズのことを聞いた時のやり取りが残っていた。第四章でも少し触れているが、そのやり取りの中に非常に興味深いことが書かれてあったので、そのすべてをみなさんに紹介したい。

Q「スクイズの見破り方には、どういうものがあるのですか？　先生はいつもスクイズを仕掛けてくるタイミングをわかっているようですが……」

A「スクイズはベンチで見る角度や注意度、捕手・投手が見る角度とではすべてが違う。キャッチャーの義務としては、味方ベンチが相手のスクイズを見破りやすくすることだと思う。相手の出方を探る方法として、投手に牽制をさせたり、バントをしにくいインハイ（頭の高さ、これは外すのではない）に投げたりすることなどがある。このような場合、バッターのちょっとした動き（グリップや足の動き）、牽制をした時のランナーの戻り方などに注意することだ。ベンチではここに書いたようなことを前提にして、最終的には相手の目を見て判断している」

私としては「最終的には相手の目を見て判断している」という言葉がすごく印象に残

っていたのだが、あらためて読み返した時に、もっとも心を打たれたのは「キャッチャーの義務」というひと言だった。

高校時代に私がバッテリーを組んだ百武は、スクイズでランナーが走った瞬間にピッチドアウトするという、咄嗟のプレーに秀でていた。百武に聞くと、ランナーの足音を聞き取ってピッチドアウトしていたのだという。

今でも覚えているのは、3年夏の最後の試合で、私がインコースにガッツリ構えたところに相手がスクイズを仕掛けてきた。それを百武は見事に外したが、キャッチャーの私がそれに反応できず、パスボールで相手に得点を許してしまったのだ。当然私もサードランナーを警戒していたが〝ここはない〟と決めつけてしまったがゆえの失点だった。的野先生の言う「キャッチャーの義務」を実行できなかったと、今でも悔いが残っている。

牽制に込められた3つの意味と効果

連打を浴びている時は、ピッチャーが一定のリズムで投げているために、歯止めが利かなくなってしまうことが多い。逆に言えば、キャッチャーが一定のリズムで投げさせてしまっているのだ。そういう時こそ、牽制を入れた方がいい。とくに甲子園は連打が出ると球場全体が異様に盛り上がるので、意図的に間を作って落ち着かせることが重要だ。

高校時代に、的野先生から「牽制の意味は、いくつあるか知っているか?」と聞かれたことがあった。相手のスタートを少しでも遅らせるための牽制、相手の出方を探るための牽制と目的は様々だが〝間を置く〟という重要な意味を持つ牽制もある。

的野先生は「相手を焦らせ」と言って、牽制を入れることを私たちに説き続けた。私の2学年下のピッチャーで、現在は宮崎学園で監督をしている崎田忠寛先生は、緩い牽制を入れすぎて甲子園で注意を受けている。そういう牽制を入れ続けていると、ワーワー大騒ぎしている相手のスタンドも間延びしてくる。つまり、球場の雰囲気が変わってくると、的野先生は言うのだ。そうなってしまえば、相手の攻撃の勢いに水を差すこともできるだろう。

リズムが単調だと感じれば、キャッチャーがピッチャーのボールを受けて返球する時の間にも、アクセントを付ければいい。わざとボールをこねて返したり、高校野球だと注意されるかもしれないが、2~3歩前に出て渡したりするのもリズムを変える手段のひとつだ。時にはタイムを取ったりしながら、試合のリズムや間をコントロールできるのも、ある意味ではキャッチャーの特権だと言っていいのではないか。

頭に血が上っているピッチャーや心配性のピッチャーには、いち早くボールを渡してあげるといい。そうすることで、落ち着きを取り戻すことがよくあるからだ。彼らにとっては、ボールが一番のお守りなのである。

マウンドからツカツカ降りてきて〝早くボールをくれ〟というアクションを起こしたピッチャーには〝さぁ、どんどんペースを上げていけ〟という意味を込めて素早くボールを返すこともあるし、あえてすぐには渡さず〝間〟を与える時もある。いずれにせよ、そこもキャッチャー主導でコントロールできる空間なのだ。

ちなみに、2024年のエースだった西尾海純は、どちらかというと〝早くくれ〟というタイプの投手だった。また、彼は自分で投げたいボールがはっきりしていたので、キャッチャーのサインに首を振るケースも多かった。そうやって自分が投げたいボールを投げることは大事だが、キャッチャーには「どういう擦り合わせをしているの？ここまで首を振られたらキャッチャーとして恥だぞ」と言いたい。バッテリーを組んだ初期の頃ならともかく、夏前になってピッチャーの首振りの回数が減っていかないということは、バッテリー間の擦り合わせが足りないということだと反省してほしい。

盗塁阻止 1 ランナーの捉え方と二塁送球への備え

盗塁阻止についての私見を述べたい。塁上にランナーがいるという意識があれば、キャッチャーの視野は自ずと広がってくるものだ。だいたいのキャッチャーは捕球に意識が行きながらも、ランナーの動きはなんとなくでも視界には入っているはずである。まず、サインを出している段階で各塁の状況を把握できていれば、いろいろ動かれても反応はしやすくなる。だから、盗塁阻止の第一段階として「サインを出す時も、必ずランナーを視界に入れておきなさい」と指導しておかなければならない。

キャッチャーを始めた最初の頃は、私もそういったことが理解できていなかった。スタートを切られたかどうかさえも、まったくわからなかったのだ。右バッターだったら一塁ランナーの動きは見えたが、左バッターの時はまったく見ることができなかった。とくにバントの構えをされたら、完全に視界から消えてしまうほど慌てまくっていたと思う。そういうパニックを起こさないためにも、サインを出す前に落ち着いて全体を見渡し、サインを出しながら各塁の状況を確認する必要があるのだ。まず、落ち着いて準備することを、キャッチャーには言い聞かせておきたい。

現役時代の私は、肩がそんなに強い方ではなかった。あの野村克也さんも「自分は決して強肩ではなかったから、相手が走ってきた時にはピッチャーに牽制やクイックなどでずいぶんアシストしてもらった」と仰っていたが、肩に自信がなければいろんな工夫を凝らして盗塁阻止にあたらなければならない。私自身も一生懸命スローイングの練習をしたが、とくに牽制の上手な百武には大いに助けられたものだ。

そうは言っても、キャッチャーには試合に負けないための〝実戦力〟が必要である。だから、最低限ベース付近にきちんと投げられるだけの送球スキルがなければ、勝負にはならない。とくに近年の長崎で海星や創成館、大崎を倒そうと思ったら、キャッチャーに肩がなければかなり苦しい。この3校を倒すためには、キャッチャーの想像力・想定力に加えて肩がなければ勝てないだろう。

二塁送球については、当然低いボールで投げなければいけない。低く、強く投げるための練習はさせている。大事なのは、ピッチャーの頭より上に投げないことだ。これも私が高校時代に言われていたことだが、ピッチャーへの返球は座ったままではなく、1

球1球立ち上がり、ピッチャーの顔をめがけて投げた方がいい。長崎日大では、捕球姿勢から立ち上がる連続スクワットといった、送球動作につながるキャッチャー練習も行っている。基本的には、常に一塁ランナーのスタートを想定して、試合の中やブルペンでピッチャーを相手に送球の練習を繰り返すといいだろう。

盗塁阻止 2　送球はフットワークで出す

ランナーにスタートを切られる場合は、ストライクではなくボール球のケースが多い。なぜなら、エンドランのサインが出ていれば、ストライクなら当てられてしまう可能性が高い。キャッチャーはそれを警戒して、低めの変化球など、どうしても球出し（送球）が難しいコースにボールを要求することが多くなるからだ。

そういう状態で素早く投げるには、フットワークが不可欠だ。肩の力だけに頼っていては、しっかり握れていないとボールを投げられない。しかし、フットワークがあれば足を使ってボールを出せるという感覚が、キャッチャーにはある。また、そういうキャッチャーでなければ、揺さぶりにも耐えられないだろう。

前述した豊田は、フットワークが素晴らしかった。豊田ほどフットワークが良いキャッチャーは、なかなかいないのではないか。私自身も彼のプレーを見ながら〝こいつ、どうやっているんだろう？〟と一生懸命観察したほどだ。肩もまずまずの強さだったが、それ以上に足さばきが良かった。そういうキャッチャーは、バント処理やフィールディングにも長けているものだ。

フットワークを磨くためには、その場で足を前後に素早く組み替える練習がある。これを繰り返すことで、ある程度は足さばきが良くなっていくだろう。もちろん素早いフットワークを行うには、足の強さも必要になる。下半身強化を疎かにしているようでは、良い送球は生まれるべくもないのだ。

そもそも、フットワークが良いキャッチャーは、総じて足首が柔らかい。結局のところ、座れるか、座れないかは足首の硬さによるところが大きいと思う。「膝の硬さ」と言われることもあるが、膝は誰しも曲がるものだから、原因はそこではないと思う。足首が柔軟であれば〝座り〟も柔らかくなり、フットワークだけでなく上体を起こす動作も素早く行うことができる。そして、フットワークが良ければ、自ずと球出しも早くなるのだ。

また、足首が柔らかいキャッチャーはボールへの反応も良くなるので、パスボールも少ない。投げることだけでなく〝止める〟ことに関しても、やはり足首の柔らかさは不可欠なのである。足首は車でいうところのサスペンションだ。クッション性がなければタイヤに上手く力を伝えることはできないし、衝撃にも弱くなる。だから、素早いフットワークを生む柔らかい足首は、キャッチャーに限らず全ポジションの選手が備えるべきだろう。

もちろん、スムーズな球出しを行うためには、捕球するポイントも重要になってくる。捕球地点が体から離れすぎても近すぎても、握り替えが難しくなってしまう。このあたりの感覚を覚えるためにも、ブルペンでピッチャーの球を受ける際には握り替えを意識して、素早い送球を行ってみるのがいい。

なお、２０２３年正捕手の豊田は、長崎日大を卒業したあと、明大へと進学。東京六大学リーグでのデビューを目指して頑張っている。

ブルペンは実戦スキルを磨く場所

キャッチャーのワンバウンド捕球だけでなく、座り方やミットの出し方、握り替えやフットワークといった送球技術などは、ブルペンで練習すればいい。試合を想定してブルペンに入ることで、そうした実戦スキルは磨かれていく。そういう意識を持ってブルペンで一生懸命やっているキャッチャーと、そうではないキャッチャーとでは、明らかに大きな差が生まれてしまう。ブルペンで受けることを嫌がるキャッチャーは、まずスキルアップは望めないと言っていい。

要するに、ブルペンでは「ピッチャーにどれだけ試合をイメージさせることができるか」が重要なのだ。そのためにも、ワンバウンドの変化球が来れば、試合と同じように全力でストップに行かなければいけない。〝これはブルペン投球だから〟と思って、低めの球を手だけで軽々しく捕りに行っているようでは、捕球技術の上達はない。そういうキャッチャーには「ごめん。お前のことはもう信用できない。そんな簡単に後ろに逸らしてしまうキャッチャーは、ちょっと厳しいよ」と言って注意を促さなければならない。

配球を学ぶうえでも、ブルペンは非常に意味のある場所だ。たとえば、真っすぐを投げた直後に変化球が抜けるピッチャーがいたとしよう。その場合、どういうリードで抜けない変化球を投げさせればいいのか。声掛けなのか、キャッチャーの構えを変えた方がいいのか。そのあたりは、実際にピッチャーのボールを受けていないとわからないことだ。

また、キャッチャーがアウトコースの真っすぐに備えて構えたが、ボールが真ん中に入ってくることもある。そこからもう一度アウトコースに投げさせようとする場合は、ここで何かひと工夫が必要だ。構え方を工夫するのか、思い切って球種を変えるのか。前兆が出ていながら次も同じコースに要求して、それが再び真ん中に来て打たれたら、それは完全にキャッチャーの責任である。そういう時の工夫も、キャッチャーはブルペンで覚えていく。そして、こういう経験を繰り返しながら、配球を身に付けていくのだ。

ブルペンでカーブを要求するキャッチャーがいる。しかし、どういう意図を持ってカーブを投げさせるのかを考えてほしい。ストライクのカーブを投げさせたいのか、ボールになるカーブを投げさせたいのか。私は「そこまで意図して要求してくれ」と言っている。ピッチャーが要求通りに投げられる、投げられないに関係なく、しっかりした意図をバッテリーで共有した状態で練習してくれないと、こちらとしてはアドバイスのしようがないのだ。

たまたま低めに来て「ナイスボール！」ではいけない。ストライクを取りに行ったはずなのに、ボール球だったら意味はない。私がブルペンでずっとやってきたからこそ「ここはストライクからボールにしよう」と、ひと言を加えるだけで練習効果はまったく違ったものになる。このようにすることで、ブルペンでの練習はより実戦に近いものになっていくのだ。

そういう意味でも「キャッチャーのすべては、ブルペンの中に集約されている」と言っても過言ではない。ブルペンに行きたがらない、ピッチャーの球を受けたがらないキャッチャーでは、話にならないのだ。そんな考え方では、バッテリー間の擦り合わせなどできるわけがないし、どれだけポテンシャルが高いキャッチャーであっても成長はないだろう。

バッティング練習がしたい気持ちもよくわかる。しかし、キャッチャーであれば早めに切り上げてブルペンに行かないといけない。他にやりたいことがあったとしても、あえて時間を作ってピッチャーの球を受けに行ってほしいと思う。やはりキャッチャーは、

大瀬良大地投手をはじめ、多くの好投手を育ててきた長崎日大のブルペン。「キャッチャーのすべては、ブルペンの中に集約されている」と著者は言う

受けてナンボなのだ。

ブルペンキャッチャーを育てるべし

正捕手の強化はもちろんだが、ブルペンキャッチャーの強化育成も絶対に欠かすことはできない。私はブルペン担当のキャッチャーとして、大学でたくさんのピッチャーのボールを受けさせてもらった。それが大きな財産になっている。「今日はピッチャーの調子がいいです」、「今日はダメです」という報告を逐一行っていたので、ブルペンキャッチャーの重要性は誰よりも理解しているつもりだ。

2012年秋には、今でも私が教訓としている大きな出来事があった。地元長崎で開催された九州大会に出場した長崎日大は、初戦で福岡の門司学園と対戦。試合は1－1のまま延長戦に入った。そこで、監督の金城先生から「ちょっとブルペンを見てきてください」と言われた私は、ブルペンに向かいブルペンキャッチャーに状況を聞いた。しかし、私は「次のピッチャーはもうできています。大丈夫です」という報告を鵜呑みにして、金城先生にそのまま伝えてしまったのである。ところがそのピッチャーは、登板直後から精彩を欠き、10回に4点の勝ち越しを許してしまった。

チームはその裏、なんとか4点差を追いつき、最終的には13回にサヨナラ勝ちを収めた。しかし、3イニングで被安打5、3四死球と乱れたピッチャーの結果を見て、私は〝これはマズい。こんな無責任なことはできない〟と思った。

そして尚志館との準々決勝ではブルペンに居座り、ピッチャーの状態をこの目でしっかり見たうえで、報告を上げることにした。しかし、試合の展開はピンチの連続となった。それなのに、チームの守備全般を任されていた私は、ベンチを空けてブルペンに行っている。だから、大事な場面で守備隊形のアドバイスができず「勝てばセンバツ当確」という重要な試合を落としてしまったのである。

あの試合の敗因は、私が完全に任せられるレベルにまで、ブルペンキャッチャーを育てきれていなかったことに尽きる。この時に、私は「ブルペンキャッチャーをしっかりと育てないといけない」と強く思ったのだ。

また、交代したピッチャーが、いきなり先頭を四球で歩かせてしまうのは、ブルペンキャッチャーの責任だ。そういう時には「情けない。お前がブルペンで受けているのに、マウンドに向かうピッチャーを見て〝本当に大丈夫かな〟と思えないのか」と叱りつけるのである。

練習中のブルペンキャッチャーには「ピッチャーに〝どれだけ試合をイメージさせられるか〟が課題だよ」と言っている。ピッチャーがバッターをイメージできるような空間を作っていけるよう、絶えず声掛けをしていくことも大事だと思う。

私は今でもブルペンに入り、ピッチャー全員の球を受けている。その理由は、ピッチャーの状態や特性を把握するには、実際にピッチャーのボールを受けた方がいいと思っているからだ。私が現役ピッチャーの相手をすることが、少しでもキャッチャー陣の見本になれれば嬉しい。

ピッチャーの状態や特性を
把握するには、実際にピッチャーのボールを受けた方がいいという理由から、監督自らブルペンに入って投手陣すべてのボールを受ける

第七章

ピッチャーは投げてナンボ

チームに勝利をもたらすエース育成論

ピッチャーはコントロールが第一

監督という立場で言わせてもらえば、ピッチャーが持つべき資質の第一は、コントロールである。狙い通りに投げられるコントロールがあれば、ポジショニングも取りやすくなるし、バックにいる野手も動きやすくなる。ピッチャーのコントロールが狂ってしまうと、すべての予測が外れてくるので、ゲームプランそのものが崩れていく。

やはり、コントロールの良いピッチャーがいた方が、チーム作りもしやすい。だから私は、そういったことをピッチャーにしつこく言い聞かせ、問いかけながら、守りのチームを作っていきたいと常に思っている。

このことを、私は2022年春の甲子園に出場したチームで、あらためて痛感した。当時は右の種村隼、左の川副良太というふたりのエースが中心のチームだった。私は種村の球をブルペンで受けた時から、彼の球に球威がないことは理解していた。一方で、コントロールはビタビタに来る。しかし、甘くなってしまえば、ビッグイニングになるのではないかという怖さもあった。

夏の長崎大会・準々決勝で波佐見に負けた試合で、私は川副を先発に起用した。波佐見打線に左バッターが多かったこともあったが、球に勢いがないコントロールピッチャーの種村よりも、キレと強さのある球を投げる川副の方が打たれないのではないか、と判断したのだ。川副は3回1／3を投げて9安打4失点で降板。その後を受けた種村も、相手に大きく傾いた流れを変えることができず、4回2／3で2失点。2－6で私たちは春夏連続の甲子園出場を逃してしまった。

2022年センバツの近江戦で、先発を任せたのはコントロールに間違いのない種村だった。センバツを決めた前年秋の九州大会も、3試合すべてで種村～川副の順にリレーしている。もちろん夏の準々決勝・波佐見戦での川副先発は、最善の方法を採ったつもりだった。しかし、結果的にはコントロールミスをしない種村に対して、私が〝コントロールが甘くなった場合、ビッグイニングになるのでは〟と疑ったことが命取りとなってしまったのだ。

つまり、私がいつも言っている「ピッチャーはコントロール」に反する起用を、あろうことか最後の夏にやってしまったのである。あとになって〝言っていることとやっていることが、まったく違うじゃないか〟と気づいた時には、すでに手遅れだった。

コントロールの悪いピッチャーは、体のバランスが悪いので、一連の動きがバラバラになっていることが多い。長崎日大では、トレーナーの繁井さん指導のもと、立ち姿、体重移動、腕の振りと、バランスを大事にして一連の動きを指導している。繁井さんはいつも「みぞおちを骨盤の上に置きなさい」と言っている。そうすることで、しっかり立つことができる。そして、ロスのない推進力に変換できるのだ。これができなければ、力をかける方向性を見失ってしまうので、正しい体重移動ができずに前に突っ込んでしまう。こうしてフォームが乱れてしまえば、まずコントロールは身に付かないだろう。

人それぞれのフォーム、ステップを尊重する

私自身は「インステップやアウトステップはダメ」というふうに、ピッチャーを型にはめたくないと思っている。ピッチャーが持っている特性は、人それぞれだからだ。体の硬さ、柔らかさというものも、決して一律ではない。私の中には、フォームの修正も大事なのかもしれないが、結局は〝どんなフォームでも、きちっとしたボールが投げら

れればOK〟という考え方もある。キャッチャー出身としては、最終的にボールが良ければいいのかなと思ってしまうのだ。

しかし、トレーニングは絶対に疎かにはできない。私たちは繁井さんから受けた指導を意識したうえで、実際に投げさせる。その結果、どうなっているのかということを逐一照合させながら、ピッチャーの理想的なフォームをじっくり作っていくようにしている。

そういう意味では、2024年のエース・西尾のフォームは、極論と言っていいのではないだろうか。彼のフォームは、決して上体が開いているわけではないのだが、背中側に体重がかかり気味になってしまう傾向にあった。

体の使い方だけを考えれば、西尾の後傾姿勢はベストなフォームではないのかもしれない。しかし、彼の良さは腕振りの速さにある。そして、リリースポイントの高さだ。リリースが高いことによって、伝家の宝刀のカットボールが効力を増し、真っすぐが〝真っスラ〟になることもある。これが本人の武器となるのなら、それはそれで構わない。だから、高校時代はまだまだ特性を見極める成長段階だったと、西尾については思っている。

一塁側から投げれば、独特の後傾姿勢が抑えられるのではないかと思い「ちょっと一塁側を踏んでみようか」と言ってみたり、プレートを踏む位置を修正したりしたこともあった。こちらとしては後傾姿勢を少しでも防ぎたいし、一塁側から投げることで最大の武器であるインコースのカットボールが活きてくるのではないか、という思いもあったからだ。しかし、基本的に「こうしなさい、ああしなさい」とは言わず、よほど方向性が間違っていない限りは本人のやりたいように任せている。

プレートの踏み位置について触れたが、ここが今でもすごく疑問に思っているポイントだ。「真っすぐ立ちなさい」とは言うものの、そもそもプレートのどこを踏めばいいのか。たとえば長崎県のメイン球場である県営ビッグNスタジアムと甲子園球場とでは、プレート下のゴム板の高さが違う。では、どちらに合わせるのかとなれば「甲子園に合わせなさい」と言いたいところだが、まずは県を勝たないことには甲子園のプレートすら踏むことはできない。

ビッグNは赤土で、土の質も独特だ。また、マウンドも他球場より硬く作られている。したがって、長崎日大のブルペンは、ビッグNと一緒の高さにプレートを埋め、同じ硬さに設定しているのである。

「ピッチャーは投げてナンボ」故障防止ルールへの私見

「キャッチャーは受けてナンボ」という持論はすでに述べたが、同様にピッチャーは「投げてナンボ」だと思っている。ピッチャーとは投げることが得意な者が務めるポジションで、そもそも投げることが好きな者でなければ務まらない。だから、ピッチャーが練習で投げないようでは、まるで話にならない。投げ続けることで何かを掴んでほしい。それが私の願いである。

当然「投げろ」とは言っても、強制的に300球も400球も投げさせているのではない。故障予防には充分に配慮している。私としては、ピッチャー自身がしっかりとした意図を持って投げた結果、気づいたら200球に達していたというのが理想的だ。それに150球、200球を投げた時に肩がどう張っているのかは、経験していないとわからない。もちろん100球を投げられないピッチャーには無理をさせないが、いつも100球でストップをかけているピッチャーが、じつは150球投げても大丈夫な場合もあるだろう。

2024年の秋にエースを務めた宗雅輝は、秋季大会で初戦敗退に終わったあとから、全体練習終了後にキャッチボールを始めるようになった。これは大きなプラスだなと思っている。全体練習でもキャッチボールとピッチング練習は行っているが、それでは足りないと感じたのだろう。彼自身が、何かのきっかけを摑もうとしているのだ。ピッチャーが自ら「投げる」ことを始めたのだから、これはひとつの成長だと評価していい。

すでに2020年から試験的に導入されていた「ひとりのピッチャーが公式戦で投げられる球数は、1週間500球以内」の制限が、2025年から正式ルールとなることが発表された。たしかに故障の防止には、大きな効力を持つルールだと思う。しかし、個人的には球数制限の設定で、ピッチャーの故障予防への対策がすべて終わったわけではないと思っている。

このルールができる以前から、現場の私たちはピッチャーが「痛い」と言ってくれば投球練習にストップをかけてきたし、病院にも連れて行った。ピッチャーのコンディショニングをどう管理してあげるかは、指導者なら誰しもが考えてきたことだ。〝投げさせない〟というのは、一番楽な方法かもしれないが、それでは根本的な解決にはならないだろう。

一方で、我々指導者がアフターケアのやり方、リカバリーの方法を学ぶ必要もあると思う。昔のような「怒鳴りつけることは、指導ではない」という社会になっているからこそ、指導者は総合的に学ぶ必要があるのだ。そして指導者が専門的な知識を得たうえで、ピッチャーの球数制限などを議論する機会を設けた方が、より良い方向に向かっていくのかもしれない。

30〜40m投とワンバウンド投

長崎日大のピッチャー陣が取り組んでいる練習メニューは様々あるが、ここからはその一部を紹介してみたい。

以前は投本間の18・44mではなく、ブルペンでは20mなどの長い距離でピッチング練習を行っていた。その後、マウンド後方にネットができたので、現在は平地を使って30mから40mを投げている。

この練習の目的はふたつあり、ひとつは自分の球筋を見ること。もうひとつは、球の強さを追求することである。長い距離を投げることで、シュートしたりボールがタレたりする軌道を、自分自身で確認できる。正規の18・44mでは、それを確認する前にボールが相手に到達してしまうので、軌道を確認するには距離が短すぎるのだ。

プロ野球選手のOBなどが「この人のボールは、どこまで行ってもまったく落ちてこなかった」という話をしているが、実際に球速は130キロ台なのに、なかなか打たれないピッチャーはたくさんいる。〝どうしてこのスピードで空振りが取れるんだろう〟という真っすぐを投げるピッチャーを、みなさんも目にしたことがあるはずだ。

それが回転数なのか何なのかは、私にもよくわからないが、そういうピッチャーのボールはブルペンで受けていると、低めが本当に伸びてくる。ズバリ、球質が良いのだ。そういうピッチャーは、この30〜40m投でも、じつに美しい球を投げている。

そして、長い距離でピッチングをすることで、球は当然強くなる。強い球を作るということで言えば、野球の硬式球より大きく、ソフトボールよりやや小さい径のボールを用いた練習も効果的だ。

この中間投とは別に、遠投も行っている。遠投では、なかなか落ちてこないボールを投げてほしい。ピッチャーには「キューーッと伸びて、なかなか落ちてこないボールを投げなさい」と言っている。そういうボールを投げようと思ったら、やはり軸足にしっかり体重を乗せて投げなければならない。とくに距離の指定はしていないが、距離は長ければ長い方がいいだろう。

一方で〝叩く力〟（腕振りの力）を養うために、わざとワンバウンドを投げさせる練習にも取り組んでいる。先日、福岡の筑陽学園で監督をされていた江口祐司監督（現・山口桜ケ丘）とお会いした時に「ピッチャーは低めに投げられるようになって、初めて高めを投げられるようになる。だから、コントロールを付けたい時には高めからだんだん下ろしていくのではなく、低めから少しずつ上げていくのがいい」というお話をされていたのを聞き、ヒントを得たのだ。

最近も、清水監督が指導する大崎のピッチャーが、試合前にワンバウンドを投げるキャッチボールを行っていた。どういう意図でやっていたのかは私にもわからないが、その時に江口監督が言っていた言葉を思い出した。そこから私は、ワンバウンドを投げるピッチング練習を取り入れたのである。

ただ、そのやり方は現在も試行錯誤の真っ最中だ。長い距離でのワンバウンドがいいのか、それとも逆に最初のバウンドをピッチャー寄りにした方がいいのか。いろいろ試しながら、結果的にどうなっていくのかを検証していきたい。以前は低めに投げる意識を作るために、ボールをホームベースの上に置いて、それに当てる練習をさせていたこともある。低めに投げるコントロールを付けたいという意味で、狙いは同じだ。

バッティングピッチャーのススメ

長崎日大のピッチャーは、ブルペンでのピッチング練習よりも、フリー打撃でバッティングピッチャー（ＢＰ）をすることの方が多い。

試合では、ブルペンでの好調さをそのまま発揮できるピッチャーと、そうではないピッチャーがいる。前者のタイプには、落ち着いて相手を見ながら投げられるピッチャーが多い。やはりピッチャーは、バッターを見ながら投げることで観察眼を高めなければいけない。試合の中で、フォームを意識しながら投げるのは当然のことなのかもしれないが、実際はそれどころではないはずだ。だから、私が監督になってからは、ピッチャーの実戦力を上げる目的で、ＢＰをやらせるようになった。そうすることで、バッター陣も相乗効果で良くなっていった。

バッターを相手に投げるのだから、緊張感も違う。ただ打席に立ってもらうだけのブルペンとは違って、打ちに来ているバッターを相手に投げることで、確認できることはたくさんある。変化球をバッターが振ってくれるのか、それともバットが止まるのか。そのあたりも、バッターのリアクションを見ながら、気が付くこともあるだろう。

日によっては「ファウルを打たせるためには、どのコースに投げればいいのか。それを確認しよう」、「今日は真っすぐとカーブだけ。狙い球を張られている状態で投げてみよう」と、こちらからテーマを設定することもある。

その場合、なるべく正捕手にバッティングキャッチャーを務めてもらいたい。強制はしていないが、ピッチャーがその日に課されているテーマは、キャッチャーとしても共有しておかなければならないからだ。また、そのピッチャーのカウントが取れるボール、ストライクが取れるボールを知ることは、キャッチャーにとっても絶対にプラスになる。だから、エースクラスが投げる時は、どうしても正捕手が受けることが多くなる。

その日のBPは「今日はバッティング練習を何分間やるので、BPは最低6人必要だから。みんなで選んでくれるか?」、「今日は9人準備しておいて」というように、こちらからは人数だけを指定する。もしくは、練習の始めに「今日投げたい者はいる? ブルペンの方がいいという者は?」と聞く場合もある。むしろ後者のように、ピッチャーに判断を委ねることの方が多いかもしれない。

いずれにせよ、ピッチャーに伝えるのはグラウンドだ。日々の練習メニューをホワイトボードに書いてあるので、その日のメニューを説明する時に伝えるのである。ただ、土日に向けてＢＰをやりたいのか、シート打撃で投げたいのか、ブルペンで調整したいのかは、本人に聞きながら進めていくのが基本だ。

ピッチャー主導の関係を、あえてＢＰで壊す

フリー打撃は3か所で行うので、ＢＰはマウンドから投げる場合と、平地から投げる場合がある。その3か所を10分ごとにローテーションで回していくのだ。基本的には全員がマウンドから投げられるようにしているが、時間の関係などで平地のみで終わったピッチャーには、最後にマウンドの傾斜の感覚を確認させて終わらせるようにしている。

ＢＰはバッターに対してテンポ良く投げなければならないので、ピッチャー本位のタイミングでは投げられない。ある意味、ノックと一緒だ。ノックはノッカーのタイミングで打つので、選手が自分の間で待っているわけにはいかない。それと一緒である。Ｂ

Ｐはバッターボックスにバッターがいるのなら、テンポ良く投げ続けることが務めなのだ。フリー打撃をすべてピッチャーのタイミングで投げていたら、とてもではないがバッターはやっていられないだろう。

球種ミックスの場合は、当然キャッチャーがサインを出す。基本的にピッチャーはわがままだと思っているので、キャッチャーには「確固たる意思を持って要求しなさい」と言っておかなければいけない。

ピッチャーは、どうしても試合開始の第一球を投げる「スターター」の役割を担っているので、自分で間合いをコントロールしたがるものだ。それを壊す意味も、ＢＰには含まれている。私はピッチャーに主導権を与えすぎるのは、あまり良くないと思っている。ピッチャー主導になってしまうと、投げたい球しか投げないし、自分のタイミングでしか投げられないピッチャーになってしまうからだ。前章でも述べたが、野球の試合はピッチャーが投じる第一球で始まるのではなく、キャッチャーが指先を動かし、サインを出したところがスタート地点だ。キャッチャーのサインで第一球が決まらなければ、試合は動き出さないということを忘れてはいけない。

長崎日大では、イニング間の投球練習でも、絶対にキャッチャーがサインを出す。ピッチャーが「真っすぐ」、「スライダー」と言って、自分が投げたい球を投げるようなことは、まずない。私が黙っていると、すべてがピッチャー主導のパターンになってしまうので、そこはバッテリーに言い聞かせている。

ブルペンでのピッチング練習でも、すべてキャッチャーの要求通りに投げさせる日がある。逆に対戦相手のピッチャーが「カーブ」、「スライダー」と言いながら投球練習をしていれば「ベンチからピッチャーに合わせて『カーブ』、『スライダー』と声に出して言いなさい。そうすれば、相手が何を投げてくるかがわかるようになるから」と指導している。

自分本位のリズムで投げたいのなら、ブルペンでやればいい。とにかくピッチャー本位になりすぎないよう、あらゆる注意が必要だ。本当はキャッチャーがそれだけのことを主導できればいいのだろうが、私の指導力不足もあって、まだそれができるレベルまでには至っていない。

「5分間ピッチング」で球数を投げ込ませる

ピッチャーにとってのブルペンとは、単に登板前の肩を作るための場所というわけではない。シーズンによって意味合いは違ってくるとは思うが、ブルペンは投げるスタミナを付けたり、投げるコツを摑んだりする場でもある。つまり、キャッチャーと同じように、試合の中のいろんなケースを想定しながら「実戦力」を高められる空間なのだ。ピッチャーは、どういう時に自分のボールが甘くなるのか、ボールゾーンに外れたりするのかを知ったうえで、修正する引き出しを持っておかないといけない。もちろん、その引き出しが多ければ多いほど、スキルの高いピッチャーということになる。そして、その引き出しを作るのがブルペンなのだ。

また、長崎日大のピッチャー陣は、フォームにアクセントを付けるなどして、考えて投げてくれている。長くタメを作って真っすぐを投げる時もあれば、ランナーがいなくてもクイックで投げる、足の上げ方を変えるといったように、自分で考えながら投げられるようになってきた。これができるようになれば、たとえ結果が裏目に出ることはあっても、ピッチャーとしては成長を続けていくだろう。

自分の持てる力を、最大限発揮するにはどうすればいいのか。また、どうすれば現時点で持っている技を使って、打ち取っていくことができるのか。このあたりの実戦感覚を、キャッチャーとともにブルペンで養い、磨いていってほしい。

また、ＢＰをやりながら見つかった課題は、たとえ少ない球数でも、ブルペンに入って修正に取り組まなければならない。バッターを相手に投げる、ブルペンで修正する。そういう作業を繰り返しながら、ピッチャーは育っていくのだと思う。

ピッチャーにはなるべく球数を投げてほしいと考えている私だが、決して「毎日２００球を投げろ」と言っているわけではない。ただ、こちらが見て少ないと感じた時には、ブルペンで「５分間ピッチング」に取り組ませることもある。

５分間ピッチングとは、投げるコツを摑むために、同じ球を５分間投げ続けるという練習だ。たとえば、変化球だけを５分間、真っすぐと変化球のパターンを５分間、その両方でボール球を投げる練習を５分間、真っすぐを対角線上に投げる練習を５分間、という具合に設定するのだ。早い者なら、５分間で40球近くを投げるので、これを３セット行えば約１２０球になる。決定的に投げ込みが不足していると感じるピッチャーには、セット数を私の裁量で決定することもある。

５分間ピッチングのメリットは、ピッチャーに投げるコツを摑ませ、指導者が球数をコントロールできることにある。このような「投げること」を覚えさせる練習は、冬場に行うことが多い。バッターを相手に投げる日、トレーニングをする日、そして５分間ピッチングの日というように分けて、これを回していくのである。

変化球への先入観は捨てるべき

高校に入ってからは、ピッチャーの球種も大幅に増え、そのレベルも中学時からは格段にアップする。

しかし最近の高校生は、こちらが言わなくてもいろんな球種を投げたがる傾向にあるし、入ってきた時からいろんな変化球を投げている。まったくもって、驚くべき進化だと思う。しかし、彼らが投げている変化球が使えるボールなのか、使えないボールなのかということは、こちらで見ながら的確にアドバイスしていかなければならない。

私は、ピッチャーに対して「このボールはきついんじゃない？」、「どうしてこの変化球があるのに、こっちの変化球の習得を目指すの？」、「このボールとこのボールは同じような軌道だから、その日の調子によってはこっちを使った方がいい」といった指摘を重ねていく。たとえば「九州最強」と評判だったカットボールを投げていた２０２４年の西尾なら、真っすぐの強化に集中できた。本人も「カットはいつでも投げられるので、ブルペンでは真っすぐだけを投げます」と言って、自身のストロングポイントを増やすことに力を注いでいた。

日本人ピッチャーのメジャー化が進んできている中で、プロのピッチャーが投げる真っすぐは150キロ台中盤から後半が当たり前になってきている。そういう傾向が強まる中、逆に脚光を浴びているのがカーブという球種だ。キャッチャー出身の立場から言えば、カーブという球は軌道を変える有効な球だ。

ただ、カーブを投げること自体は難しく、一度浮き上がるような〝抜けの良いカーブ〟を投げられるピッチャーは決して多くはない。投げ方も人それぞれで、人差し指と中指で巻きながら、親指で押していくように投げるタイプもいれば、西尾のように爪を立ててナックルカーブを投げるピッチャーもいる。

カーブの曲がり方や到達地点をイメージさせながら遠投をさせてみると、そこでも感覚が良いピッチャー、悪いピッチャーがいる。逆にマウンドの傾斜を逆向きに使って、頭を固定しながら投げさせることで、感覚を掴めるピッチャーもいる。このように、カーブの投げ方を覚えるための方法はいろいろと提示をするが、最終的にはピッチャー個人が判断し、取捨選択を行う。

同じく変化球の主流になりつつあるチェンジアップについてだが、私個人としては簡単に投げられる球種だと思っている。ピッチャーがボールを持ちながら、帽子のひさしを触る仕草を連想してみてほしい。それがまさに、チェンジアップの握りなのだ。その感覚のまま、手のひらを見せずに投げれば、チェンジアップになるはずである。それができなければ、別の球種にトライしてみるのもアリだろう。

ピッチャーには〝利き指〟というものがある。中指でボールを切るタイプなのか、人差し指で切るタイプなのかも人それぞれだ。こういう意識をピッチャー各自が持つことも、非常に大事なことだと思う。自分の利き指はどこなのか。マメはどこにできているのか。自分の人差し指と中指の長さがあまり変わらないのか、極端に違うのか。10人のピッチャーがいれば、10通りの感覚があるのだ。そういった特性を、本人だけでなく指導者も充分に理解しておきたい。

以前は「スライダーは速くなきゃいけない」と言われていたが、今は〝スラーブ〟といって、カーブとスライダーの中間球も、大きな武器として認知されている。カーブ自体もタイミングを崩すための〝抜く〟カーブだけでなく、勝負球になりうるナックルカーブや、球速の出るパワーカーブなどがある。したがって〝カーブはこうで、スライダーはこうあるべき〟といった先入観は、ピッチャーの個性を伸ばすためにも捨てた方がいいだろう。

練習試合での観察眼が「先手の継投」を実現させる

近年の高校野球では、全試合で先発完投する大エースは〝絶滅危惧種〟と言ってよく、ほとんどのチームが複数ピッチャーによる継投策を採っている。私自身は試合の流れを変えたくない時には、極力ひとりのピッチャーで行った方がいいと思っている。正直なところ、ベストなタイミングで継投し、それが決まって勝った記憶はほとんどない。そういう意味でも、継投は私にとっては苦手分野になるのかもしれない。

2024年の長崎日大のように、西尾と三丸といったハイレベルなピッチャーが揃っている代は、なおさら難しい。当時は西尾を一度外野に回し、再登板させるという継投も考えた。しかし、西尾は〝ザ・ピッチャー〟である。これは私の考えすぎなのかもしれないが、ピッチャーのプライドとして一度外野に回したり、外野でスタメン起用したりするということが、果たして本人のためになるのかと思ってしまうのだ。

中には野手でスタートしても、試合途中の登板で力を発揮するタイプもいるだろう。

そういう器用さを備えていたのは三丸の方だったが、西尾は試合途中からのリリーフ登板はあまり良かったためしがない。このように、それぞれの適性をしっかり見極めなければ、継投も失敗に終わる可能性が高くなる。

また、西尾も三丸も同じ右腕だったので、左の変則ピッチャーを準備していた。そういう左ピッチャーに限らず、アクセントを付けられる存在がいると継投も楽になる。また、そういった変則ピッチャーを挟んだ継投が上手くいけば、低投ゴーが決まった時と同じように、チームに勢いをもたらすこともあるのだ。

とにかく継投で苦い経験をしたことがある私だけに、いろんな対策は考えている。2003年に全日本大学選手権を制した日本文理大の中村壽博監督は、1試合で7人から9人のピッチャーを投げさせることがある。そうしたことを、練習試合で一度試してみようと考えたことはあるが、実行までには至っていない。

継投の判断基準は、練習試合で作っておきたい。ほとんどのピッチャーは、試合の中で抜け球が目立ち始めるタイミングがある。その前兆が、どのタイミングで現れるのか。どれだけ投げれば、球が勢いを失うのか。打たれ始める時には、どういう兆候が見て取れるのか。こうしたポイントを、ピッチャーごとに把握しておくことが大切だ。

試合の流れも、継投するうえでは重要な判断基準になる。運に見放されてしまえば、もはやピッチャーの限界も近い。打ち取ったはずの打球が、野手の間に落ちてヒットになれば、もう〝このピッチャーの運は切れたな〟と、私は思ってしまうのだ。いざそういうヒットが出始めると、もはや歯止めが利かなくなってくるだろう。

以前、継投についての質問を、創成館の稙田監督に投げかけたことがあった。稙田監督は、躊躇なく継投に打って出てくる。「どうしてそんなに思い切った投手交代を行うことができるのか」という私の問いに、稙田監督はこう答えたのだった。

「今投げているピッチャーより、次のピッチャーの方が良い球を投げる可能性があるなら、そりゃ代えるでしょう。その方が抑える可能性は高いんだから」

私の場合は、どうしても〝次の回にピッチャーに打順が回るので、そこで代打を出して交代させよう〟と考え、継投が遅れることもあった。しかし、稙田監督をはじめ、継投を得意とする監督さんたちは、みなさん継投のタイミングが早い。後手の継投ではなく、事が起こる前に手を打ってくるのだ。もちろん、それだけの継投策を行おうと思えば、ピッチャーの枚数を揃えなければならない。先を見すぎて交代が遅れることがある私にとって、稙田監督の言葉は非常に大きなヒントとなった。

おわりに

タイブレーク制や球数制限の導入、低反発バットへの仕様変更などが相次ぐなど、このわずか数年で高校野球界は大きな変化を遂げてきた。しかも、ＤＨ制や7イニング制に関する議論も本格的に始まったことで、高校野球の変化はさらに続いていきそうな気配である。

もし、7イニング制の野球に移行すれば、違った発見があるのかもしれない。しかし、何を意図した7イニング制なのかが重要だ。体力的な理由なのか、運営的な理由なのか。あるいは、国際ルールに従うと言うのであれば、仕方ないのかもしれない。ただ、すべてのルール変更は、選手の健康を守ることが第一。そこは、業界全体で肝に銘じておくべきだろう。

２０２４年から適用された新基準バットへのレギュレーション変更で、すでに野球が変わってきたと感じている。長打が極端に減ったぶん、バッテリーを含めた守備力によりフォーカスされるようになってきたし、細かい走塁の判断力を備えた〝実戦力〟の高いチームが勝っている印象を受ける。2024年夏の甲子園はまさにそのことを象徴した大会で、優勝した京都国際はバッテリーを中心とした守りのチーム。前年の新チーム起ち上げ以降、公式戦でのチーム本塁打がゼロのまま全国の頂点に立っている。

準決勝の神村学園と関東一戦、最後のシーンを覚えているだろうか。1点を追う神村学園が、二死一・二塁と一打同点の状況を作った。そこで、神村学園の代打・玉城功大選手が大振りをせず、ミート中心のコンパクトなスイングでセンター前にヒットを運ぶ。これで、二塁ランナーの岩下吏玖選手が、三塁を蹴ってホームを狙った。ロスのないライン取りで、コーナリングも文句なしだった。しかし、センターを守る飛田優悟選手が、完璧なストライク送球で岩下選手の生還を阻止し、関東一が勝利を摑んだのである。「令和版・奇跡のバックホーム」と言われたこのシーンは、センター前に打ったバッターのスイングも、ランナーの走塁も、そして得点を許さなかった外野守備も、すべてが完璧だった。攻守ともにまったくミスがなく、低反発野球のすべてが集約されたハイレベルなプレーだったと思う。

このプレーに代表されるように、以前のようなスケール感に満ちた野球から、勝ち方が変わってきているのは間違いない。2024年の秋は初戦で大崎に敗れたが、私たちはその試合でランナー二塁からのエンドランを決められ〝ワンヒット・ツーラン〟での失点を喫している。あの大阪桐蔭ですら、最近はエンドランを駆使しながら得点を狙うようになった。

ただ、野球界のトレンドは循環を繰り返すものだ。低反発バットの導入から1年。すでにすべての高校が、本腰を入れて対策に取り組んでいる。時間はかかるかもしれないが、課題を克服し、いずれは再びバッター優位の時代が訪れるのだろう。私たちとしても、練習と工夫によって解決策を見いだしていきたいし、変化し続ける時代に取り残されないよう努力を続けていきたい。

私は自分たちのチームが出場を逃したとしても、甲子園のテレビ中継は必ず見ている。甲子園で勝ち上がっていくチームとは、いったいどんな野球をしているのかが気になるからだ。また、甲子園で戦っている高校生の姿や表情がいい。しかも、夏にはそれが一段と輝いて見える。ベンチの中で大声を張り上げている姿は感動的だし〝この子たちは、やっぱり戦っているわ〟と大いに感心するのだ。ああいう夏の雰囲気の中で、選手たちには試合をさせてあげたいと思う。

2007年夏の甲子園に出場したチームには、大崎義孝という控えキャッチャーがいた。その大崎が、大会後に私にこんなことを言った。

「先生、甲子園って試合に出る、出ないは関係ないですよ。めっちゃ楽しかったです」

大崎はもともと目立ちたがり屋ではあったが、それを差し引いても、そういう心から湧いて出た素直な感想を、私に残してくれたのだ。それこそ〝みんなで戦った〟という気持ちの表れなのだと思う。そう考えながら現在のチームを見た時に、まだまだ物足りなさを感じるし〝この子たちは甲子園をどう考えているのかな〟と思うこともある。

たしかに私は2022、23年と2年連続でセンバツには行ったが、夏はなかなか甲子園に届かない状況が続いている。あの夏のテンションは、春に体現できるものではない。言うまでもなく、夏は高校野球の最後の大会だ。集大成の場でもある夏への持っていき方を、私自身が摑みかねているのが正直なところである。技術的に足りない部分があったとしても、やはり持っている力を発揮させてやれていないと感じるし、その原因が何なのだろうと、自問自答を続ける日々だ。

ここ数年の中でも、とくに暑さの酷かった2024年は、選手を定期的に酸素カプセルに入れるなど、コンディショニングにもこだわった。技術的なこと以前に、まずはコンディショニングでしくじりたくないという気持ちが強かったからだ。このように、年々違った夏のアプローチを行っているが、なかなか結果に結びつくまでには至っていない。

ちなみに、私に「みんなで戦う甲子園」の素晴らしさを教えてくれた大崎は、現在「ちゃんぴおんず」というコンビを結成し「日本一おもしろい大崎」という名でお笑い芸人として頑張っている。


甲子園で経験した2試合を通じて、これから先の教訓とするべきこと、指導に活かしていかなければいけないことを、数多く得ることができた。一方で「やるべきことをやれば、全国でもそれなりに戦える」という手応えも得た。それでも勝ちに結びつけられなかったのは、やはりまだまだ足りない部分があるということだ。

2022年の近江戦では、2点をリードしていた9回にあとひとつのアウトを取ることができず、勝てたかもしれない試合を勝ち切れなかった。9回の同点打は、ファースト後方に上がり、野手と野手の間に落ちてしまった。そういった打球を打たれてしまうこと自体、チーム力が足りなかったということなのだろう。翌年の龍谷大平安戦も、ツーストライクからのワイルドピッチで失点するなど、私たちは当たり前のことができなかった。逆の考え方をすれば、当たり前のことをさせてもらえなかったから負けたのだ。

同じ九州には、甲子園で実績を残している私よりも年下の監督もいる。神村学園の小田大介監督は、2年連続夏の甲子園で4強入りを果たした。明豊の川崎絢平監督も、7年連続県勢のセンバツ出場が続く大分県で勝ち続け、4年連続で夏の甲子園にも出場している。彼らには、確たる野球観がある。年齢の上下に関係なく、全国で結果を残し続ける監督の存在は刺激になるし、彼らから学ぶべき点は非常に多い。

本編でも述べたように、いまだに夏の優勝がない長崎県に、最初に深紅の大優勝旗を持って帰るのは私たち長崎日大でありたい。

「甲子園に出ることを目標にしていたら、甲子園には出られないぞ。甲子園で勝つことを目標にしないと」と言われるが、そもそも私はまだ夏の舞台を経験していないのだ。そこを経験しないことには、見通しなど立たないだろう。だから、まずはそのスタートラインに立つこと（夏の甲子園に出場すること）が第一だ。そのためにも、「はじめに」で紹介した「積小為大」の精神で、小さなことをひとつずつ積み重ね、前進していけたらいいと思う。

「平山は甘い、優しい」と言われるなら、それも構わない。私の中にある、チーム作りの幹さえブレなければ、いつの日か必ず実が成り、花が咲くと信じている。私はこれからも〝長崎日大に来て良かった〟と選手たちに言ってもらえるようなチーム作りに取り組んでいく。そして、退部者を出さない健全なチーム運営にも全力を挙げていきたい。

最後になったが、この場を借りて、私の野球人生に関わってくださったみなさんに、心からの感謝を申し上げたい。

私に野球のイロハを叩き込んでくれた恩師の的野和男先生や、日本大の鈴木博識監督。苦楽を共にした高校や大学のチームメイト。小中学校時代にお世話になった先生方や、当時のチームメイトたち。私に新しい野球の価値観をもたらしてくれた金城孝夫先生。山内哲也部長をはじめ、いつも私を支えてくれるスタッフのみんな。私に付いてきてくれた、すべての教え子たち。長崎日大野球部ＯＢ会のみなさま。県内・県外でお世話になっている監督さんをはじめ、高校野球関係者のみなさま。環境を与えてくれている学校関係者および地域のみなさま。また、この本を通じて私に興味を持ってくださった読者のみなさま。何より私の身勝手を許してくれている妻や家族に「ありがとうございました」と伝え、ここにペンを置きたい。

２０２５年３月

長崎日本大学高等学校　野球部監督　平山清一郎

親身に寄り添う リード力

2025年3月14日　初版第一刷発行

著　　者／平山清一郎

発　　行／株式会社竹書房
〒102-0075 東京都千代田区三番町8-1
三番町東急ビル6F
email：info@takeshobo.co.jp
URL　https://www.takeshobo.co.jp

印 刷 所／共同印刷株式会社

カバー・本文デザイン／轡田昭彦＋坪井朋子
カバー写真／アフロ（日刊スポーツ）
取 材 協 力／長崎日大野球部
編集・構成／加来慶祐

編 集 人／鈴木誠